# 本日も教官なり



小野寺史宜

角川文庫
22323

目次

# 七月　ウィスキー・イン・ザ・ジャー

蜜葉《みつば》市《し》四葉《よつば》の道を歩く。畑のなかの道をだ。

今日は遅番なので、すでに午後八時すぎ。日はとっくに落ちてる。だがムシムシと暑い。空気を濡《ぬ》れ雑巾《ぞうきん》みたいに両手で絞ったら、水がボタボタ滴り落ちてきそうだ。梅雨が明けても蒸し暑さは残るから、日本の夏はキツい。

チノパンのポケットで、ガラケーがヌヌヌヌと震える。取りだし、画面を見る。万由《まゆ》からだと思ったので、驚く。

〈岡《おか》〉

え、何だよ、と思う。と同時に、エアバッグばりの速さで期待もふくらむ。何らかの形で美月《みづき》に会えたりするんじゃないかと。

出る。

「もしもし」

「もしもし。えーと、益子《ますこ》さん？」

「ああ」

「わたし。岡です。美《み》鈴《すず》です」

「どうも。久しぶり」

「久しぶり。今、話してもだいじょうぶ？」

「だいじょうぶ。仕事は終わった。帰り道」

「外なら、かけ直す？」

「いや、いいよ」

「一分ですむってわけにはいかないんだけど」

「でもいいよ。ただ歩いてるだけだから。すぐアパートに着くし」

「じゃあ」

「うん」

じゃあ、と言ったものの、美鈴は先を続けない。黙る。

「何？」と促す。

「美月が妊娠した」

「え？」

「妊娠した。子どもができちゃったの」

「いや、だって、十七だろ？　なったよな？　十七に」

訊《き》くまでもない。なった。美月の誕生日は今月の十七日だ。七夕の十日後。一年に一度しか会えない織姫《おりひめ》と彦星《ひこぼし》が精神的に一番ツラそうなころ。結婚してたとき、冗談でそう言ったら、美鈴は笑いつつ、いやな顔をした。

「十七でも、妊娠はしちゃうのよ」

「相手は誰なんだよ」

「同じ学校の子。学年も同じ。クラスはちがうけど」

「もしかして」言葉に詰まる。

「何？」

「乱暴されたとかってことじゃ、ないよな？」

「ちがう。そういうことじゃない」

それを聞いて、一安心。いや、撤回。とてもじゃないが、安心はできない。

「何なんだよ。どういうことだよ」

「その子と仲はよかったらしいの。それで、そんなことになった」

「カレシなのか？」

「一応」

「何だよ、一応って」

「わたしもまだよくわからないのよ。美月はカレシだって言ってる」

そりゃそうだろう。カレシでなかったら、そんなことになるわけない。いや、カレシでも、なっちゃいけない。だって十七だろ、美月。

またしても間ができる。今度はおれがつくった間だ。つくろうとしなくても、できてしまう。何を言えばいいのだ。実の娘が十七で妊娠したといきなり電話で聞かされて。

「来るものが来ないって言うから、あれこれ訊いてみたの。美月は、もしかしたらと思ってたみたい」

「病院には行ったのか？　ちゃんと検査したのか？」

「した。妊娠してますって」

そのとき医者は、おめでとうございます、と言ったのだろうか。相手が十七歳でも、事情は訊かずにまずはそう言うものなのだろうか。

「今、妊娠二ヵ月。産むなら予定日は三月だって」

産むなら。言葉を聞くだけでクラクラくる。おれはもう歩いてない。いつの間にか立ち止まってる。前方にアパートが見える。そこへ向かう気にならない。何だろう。屋根の下にいたくない。空の下にいたい。

ガラケーを顔から離し、ふうっと息を吐く。また近づけ、言う。

「産むのか？」

「そこまではまだ考えてない。美月もわたしも」

「ダメだろ、考えなきゃ」

「そう。だから電話したの。どう思うかと思って。というか、わたしも困っちゃって」

困っちゃうのはおれも同じだ。どうすりゃいい。一分ではすまない話。まさかこんなものだったとは。

「迷惑だった？」と美鈴に訊かれる。

「迷惑じゃない。何ていうか、うれしいよ。いや、うれしいってのも何だけど。教えてくれてうれしいよ」

じゃあ、妊娠はうれしくないのか？　時期が早すぎたから、めでたくない？　美月が二十歳ならめでたいのか？　めでたさに差があるのか？

混乱する。いろいろなことが、よくわからない。わからないまま考え、結局はふりだしに戻る。何だよ、妊娠て。

そしてふと思ったことを言う。

「おれに言っていいのか？」

「何？」

「いや、その、誰か相手がいたりするんじゃないのか？」

「わたしにってこと？」

「まあ」

「いる」

すんなり言われ、たじろぐ。流れからして、いない、かと思ってた。

「でも具体的にどうこうっていうのはないから」

「どうこう？」

「結婚するとか、そんなふうにはなってないってこと」

「あぁ」

「高校生の娘がいることはタカナシさんも知ってるけど、このことは言ってない」

「タカナシさん」

「その人。高いに山梨の梨で高梨」

「名字まで教えちゃうのかよ」

「隠すことじゃないから。いちいちカレとか言うのもいやだし」

「その高梨さんには、言わない？」

「今はね。言われても困るだろうし」

　言われても困るだろう。言うにしても、産むか産まないかの方針が決まってからにするべきかもしれない。

　何にせよ、元夫のおれに言う義務はない。美鈴に付き合ってる相手がいなかったとしても、ない。実際、言わない女もいるだろう。七割八割は言わないかもしれない。なのに、言ってくれた。うれしいことはうれしい。だが事態が深刻すぎて、うれしさを楽しめない。

　あれこれ考えてるうちにちょっとは冷静になったのか、おれはさらに思いつく。訊いてみる。

「相手との話はどうなってる？」

「それなのよ。まだ会ってはいないの。電話で話しただけ。今度会うんだけど、そのときに来てくれないかと思って」

「おれが、その場に行く？」

「ええ」

「いいのか？」

「いい。来てほしい。男の人が、というか実の父親が、いたほうがいいと思うの。いやな言い方だけど、わたし一人じゃ不利かなって。あちらはあちらで必死だろうし」

「今のおれらでもだいじょうぶか？」

「離婚してることはきちんと言うわよ。おかしくはないでしょ、父親は父親なんだから。それはあちらにどうこう言われることでもない」

確かにそうかもしれない。その場に高梨氏がいるほうがおかしいだろう。美月のために必死になってたら、それはそれでうさん臭い。

「いやだ？」

「いやじゃないよ。いやなはずない」それじゃ弱いと思い、足す。「話を聞いたからには、呼ばれなくても行くよ。会う場所を突きとめてでも行くよ」

「会う場所は知らせるわよ。来てほしいんだから」というその言葉に初めて笑みが混ざる。

そのことに少しだけほっとする。久しぶりに聞く、美鈴の笑み。

「お休みは土日じゃないのよね？」

「ないけど、どうにかするよ」

今は三勤一休。そのペースだと休みは普通より少なくなるが、ほかに調整休日というものがある。用事で休みたいときはそれをあてる。

「ことがことだから、早いほうがいいよな？」

「うん。あちらの予定を訊いてみる」

「決まったらすぐに教えてな」

「わかった。一度、三人で会わなきゃね」

「それも、いいのか？」

「いいも悪いもないわよ。無理でしょ、事前にあれこれ話しておかなきゃ」

「そう、だな」

「夜にファミレスかどこかで会える？」

「店を決めてくれれば行くよ」

ファミレス。家じゃない。まあ、そうか。いきなり家に来られたら、美月もとまどうだろう。

「時間と場所を決めたらまた電話する。じゃあ、これで」

「あ、なあ」

「ん？」

「その高梨さんとは、長いのか？」

「何で？」

「何でってことはないけど。知っといたほうがいいかと」

「一年、かな。同じ会社の人とか取引先の人とかではないけど、会社員」

「そうか。付き合ってるのを、美月は知ってる？」

「知らない。言わないわよ、そんなこと」

「言わない、かな」

「言うのは、先が見えたときでしょ」

先。結婚。というか、再婚。

「よかったよ、聞いといて。下手したら、美月の前で訊いちゃうとこだった」

「ならわたしもよかった、言っといて。で、そっちは？　いるの？　付き合ってる人」

「いるよ」

「もしかして、あの人？」

「えーと、そう」と正直に言う。

あの人。万由。

「続いてたんだ？」

「ゆる～くね」

「そんなに長いのに、結婚はしないの？」

「今のところは」

「それ、もし美月に訊かれたら、どこまで言っていい？」

「訊くかな、そんなこと」

「訊かれたらよ」

「まあ、言っていいよ。そのまま」

「じゃあ、そうする」

「そもそもさ、美月は今のおれの相手のことを知ってるのか？」

「知らない。そこまでは言ってないから。あのとき、美月はまだ小さかったし」

「そのあとも言ってないんだ？」

「そのあとも何も、今だって十七よ。とにかく、決めたらまた電話する」

「ああ」

「それじゃあ」

「美月によろしく言っといてくれ」

「何よ、よろしくって」

「それ以外には、言いようがないから」

「了解。うまく言っとく」

「頼む」

「じゃあ」

「じゃあ」

通話が切れる。ツー、ツー、と鳴るのを何秒か聞いて、ガラケーをパタンと閉じる。

このパタンがあるからおれはガラケーをつかいつづけてるのかもな、と思う。一つのことがちゃんと終わった感じがするのだ。区切りがついた感じが。

美鈴と別れたときも、このガラケーをつかってた。ちょうど機種変更をしたばかりだった。もう十年以上つかってるということだ。ガラケーもガラケー。ちっとも薄くない。小さいことは小さいが、厚みは二センチ近くある。電子決済はできない。ワンセグも付いてない。一般的なユーザーにくらべて著しく使用頻度が低いから、ここまでもったのだろう。

閉じたガラケーを手にしたまま、畑のなかの道に立ち尽くす。

美月と会うという念願が、あっけなく叶《かな》った。少しも望んではいない形で。

「よろしくお願いします」と言われ、

「よろしくお願いします」と同じ言葉を返す。

渡された教習原簿によれば。林田《はやしだ》佳世《かよ》、三十五歳。AT限定。学科の一時限目を受けてから、かなり間が空いてる。

「あの、わたし、車のこととか全然知らなくて、正直、自信がないんですけど。だいじょうぶですか？」

「皆さん、初めはそうですよ。ほとんどのかたが運転は未経験です」

「ほとんどって。経験してる人もいるんですか？」

「なかには」

「もしかして無免許運転とか」

「いえ。免許を取り消されて教習所に来るかたもいらっしゃるということです」

「あぁ。なるほど」

まあ、免許をとる前に運転してしまった不届き者も何人かはいるだろう。ＭＴ車なら難しいが、ＡＴ車ならそうでもない。

本人確認のため、原簿に貼られた顔写真と実物を見くらべる。

「林田さんは、眼鏡やコンタクトはなし、ですね？」

「はい。昔から目だけはいいです。幸いにも」

「何よりです。では今日は、技能教習第一段階の一時限目、模擬運転教習を行います。本物の車を運転する前に各部分の名前や操作を知っておこう、ということですね」

「はい。たすかります。いきなり本物はこわいので」

模擬運転教習は、こうして屋内で行われる。ゲーセンのレースゲーム機にも似た、いわゆる模擬運転装置をつかう。後に急制動や危険予測の練習でつかうシミュレーターよりはもう少し簡単な装置、トレーチャー。これで、車への乗りこみ方やエンジンのかけ方、そして発進や停止の操作を覚えてもらう。

この教習は複数で行うこともあるが、今日はたまたま一人。自信がないならちょうどいい。おれはゆっくりと時間をかけて、林田佳世にあれこれ説明する。丁寧に。紳士的に。

教官は常に紳士たれ。

おれがつくった言葉だ。紳士でなければいけないのは、何も巨人軍だけじゃない。教官も同じ。実際、会社からもそう指導される。教官は偉そう。横柄。そんなイメージを払拭《ふっしょく》するのに必死なのだ。人口が減り、教習所も淘汰《とうた》される時代とあって。

ただ、おれの場合、常に紳士でいられるかと言うと、いられない。実践はできてない。偉そうでも横柄でもないつもりだが、時として、くだけてしまうことはある。教習生をリラックスさせるためにも。

林田佳世は車のことを本当に何も知らない。あ、イスって前後に動かせるんですね。あ、ハンドルって軽いんですね。え、アクセルとブレーキってどっちも右足で踏むんですか？　あれ、何かワイパーが動きました。まちがいなく、次回の実車でいきなり壁にぶつかるタイプだ。

現に、模擬運転装置でもこうなる。

「林田さん。アクセルを踏んでますか？」

「踏んでます」

「速度計を見てみましょう。今、時速何キロ出てます？」

「えーと、十五キロ」

「もうちょっと強く踏んでみましょう」

「え、だいじょうぶですか？」

「だいじょうぶです。まずは三十キロまでいきましょう」

「ほんとにだいじょうぶですか？」

「ほんとにだいじょうぶです」

「踏んじゃいますよ」

「踏んじゃってください」

「踏みました。どうですか？　出ました？」

「自分で速度計を見ましょう」

「えーと、二十キロ。何で？　ちゃんと踏んでるのに。これ、壊れてないですか？」

「壊れてないです」

　初めての運転。模擬運転装置でも、教習生は必死になる。だから間の抜けた会話も生まれる。言葉を選ぶ余裕がないのだ。難しいことを言っても頭には入らないから、こちらもシンプルに返す。

　教習所は細かな点であれこれ変わったが、教官と教習生の関係性は、二十五年前、おれが普通免許をとったときと変わらない。両者の距離は、基本、遠い。学校の先生と生徒のようにはいかない。教習生は三ヵ月程度で卒業していくから無理もない。指名予約をしなければ、同じ教官と毎回顔を合わせることもない。

だから普通、個人的なことは話さない。だがなかには結構しゃべってくる教習生もいる。一対一での沈黙がいやなのだと思う。車内。狭い密閉空間。こちらは慣れてるが、あちらは慣れてないのだ。女性でもいる。しゃべらない女性は、教習に関することでさえ、はいやいいえしか言わないが、しゃべる女性はかなりしゃべる。教官はちょうどいい話し相手になるのだ。一応、素性ははっきりしてて、安心感があるから。

で、林田佳世はその、結構しゃべってくる教習生、だ。まだ実車ではないから多少余裕があるためか、教習の合間にこんなことを言う。

「ねぇ、益子先生」

「はい？」

「何でその歳で免許だよって思ってます？」

「いえ。三十代でとられるかたも多いですから」

「そうなんですか？」

「ええ」

「でも学科の授業は若い子たちばっかりでしたけど」

「まあ、学生さんが圧倒的に多いのは確かです」

「免許があれば買物が楽だとか親の介護をしなきゃいけないとか、そういうことじゃないんですよ」

「そうですか」

それだけにとどめる。こちらから訊きはしない。個人的な領域には踏みこまないよう気をつけてる。

「教官さんにこんなこと言っていいのかな」と言いつつ、林田佳世は言う。「カレシが一度、飲酒運転をしちゃったんですよ。事故を起こしたり捕まったりはしてないんですけど」

「それは、よくないですね」

「そうなんですよ。わたしも思ったんですよ、これはよくないなって。何か起きてからじゃ遅いですよね。最近は事故を起こさなくてもマズいじゃないですか。飲んで運転したとわかっただけで会社をクビになることもあるみたいだし。だから決めたんですよ、わたしがそうさせないって」

「それで免許を？」

「はい。まずは、もう絶対にしないでって言いました。しないよってカレは言うんですけど。わかんないですよね。ずっと監視するわけにもいかないし。だからこうも言ったんですよ。飲んだときはわたしが車で迎えに行く。で、免許をとることにしました。本気だってことを伝えるためにも」

「伝わってほしいですね」

「はい。伝えます。がんばります。あらためて、よろしくお願いします」

「こちらこそ、お願いします。一緒にがんばりましょう」そしておれは教習を再開する。

「じゃあ、またちょっと速度を上げてみましょうか」

「はい」

林田佳世がアクセルを踏む。こわごわと、少しだけ。

「これでいいですか？」

「いえ、まだです。もっと踏みましょう」

「踏んでますけど。今、何キロですか？」

「ご自分で見ましょう」

「えーと、十八キロ。これ、ほんとに壊れてないですか？」

「壊れてないです。はい、踏んで」

「暴走しませんか？」

「しません。車もこの機械も、暴走させるのはドライバーです」

「あ、二十五キロ」

「もっと」

「三十キロ。やった！　目標達成！」

学科も技能も、一時限は五十分。技能の場合、初めの十分弱でその時限にやることを説明し、残りはすべて実技にあてる。初《しょ》っ端《ぱな》に模擬運転教習をやらせておいてこんなことを言うのも何だが、結局は実技なのだ。

「今日はここまでです。次からは実際に車に乗っていただきます」

「わたし、だいじょうぶですか？　免許、とれますか？」

「入校のときも言われたと思いますが、絶対にとれると保証はできません。でもご自身が努力すれば、とれます。わたしたちも、とれるよう努力します」

と、そんなふうにしか言えない。今はいろいろとうるさいのだ。ペアレンツに限らない。モンスターは至るところにいる。励ますために言ったとしても、あとで、とれると言ったじゃないか、になってしまうこともある。

「では原簿をお返しします」

受けとったそれを見て、林田佳世は言う。

「あ、うれしい。技能でハンコをもらうのは、やっぱりちがいますね。初回からもらえなかったらどうしようかと思ってました」

そんな意地悪はしませんよ、とつい軽口を叩《たた》きそうになるが、自重する。今後はもらえないこともある。林田佳世なら、たぶん、ある。ハンコを押さないこと＝意地悪、ととられてはマズい。

代わりにおれはこんなことを言う。

「飲酒運転は絶対にダメだと、カレシさんに言っておいてください。飲んだときはあなた自身が思う以上に注意力がなくなってますからと」

林田佳世がちょっと驚いた顔でおれを見る。

余計だったか、と思いつつ、続ける。

「林田さんが免許をとってカレシを乗せるのもいいけど、飲むたびにそうするわけにもいかないだろうから」

説明を急ぐあまり、言葉がつい雑になる。敬語がタメ語になる。

「そう、ですよね」と林田佳世が返事をする。「伝えます。教習所の先生がそう言ってたって言えば、ちょっとは響くかも」

「響かせちゃってください」と言葉はさらにくだける。

おいおい、常に紳士たれよ。益子豊士《とよし》。

教習は一日八時限持つ。一月から三月の繁忙期には、あと二時限持つこともある。とはいえ、急な残業はほとんどないから気は楽だ。初めから残業とわかってるほうがツラい、との見方もあるが。

昼にロビーでおばあちゃんと言ってもよさそうな女性を見かけたので、帰りがけ、受付カウンターに寄った。なかにいた小《こ》西《にし》陽《ひ》南子《なこ》に訊いてみる。

「ねぇ。高齢の女の人、入った？」

「はい。えーと、六十九歳。ウスイシノさんです」

臼井しのさん、だそうだ。

「やっぱそうか。孫の付き添いで来たおばあちゃんかとも思ったんだけど」

「指名予約の説明も詳しくしておいたから、益子さんに指名が入るかもしれませんよ」

「もっと歳上の加島《かじま》さんとかにいくでしょ。でなきゃ、逆に孫世代の良太《りょうた》とか」

同じ教官の加島さんはおれより六歳上の五十一歳。良太はずっと下の二十八歳だ。教習生が教官を指名予約する場合、自身と歳が近い者を選ぶことが多い。臼井しのさんなら、加島さんでもかなり下だが。

この指名予約、意外と利用者は少ない。入社してそんなものがあると聞いたとき、ならほぼ全員が利用してるのだろうと思った。ちがった。利用者は二、三割。毎回同じ教官を指名するわけでもない。教習生にしてみれば、教官なんて誰でもいいのだ。利用するにしても、好きな教官を選ぶため、というよりは、いやな教官を避けるため、という感覚かもしれない。

「臼井さん、今聞いてもわからないから指名するときにまた聞くよ、と言ってました」

と陽南子が笑う。「誰がいいか訊かれたら、益子さんを推《お》しておきましょうか？」

「いいよ」と断ってから、足す。「って、別にいやなわけじゃないからね」

「わかってますよ。何にしても、がんばってほしいです」

車の普通免許がとれるのは十八歳から。上限はない。七十歳でもとれるし、八十歳でもとれる。運転できると判断されれば、九十歳だって百歳だってとれる。現実的には七十代が限度だろうが。

で、実際に何人の七十代が免許をとりに来るかと言うと、ウチでは年に一人か二人。五十代六十代でも年に二ケタだ。少ないことは少ない。

で、実際に七十代の人が免許をとれるかと言うと、とれる。そんな人たちは若い教習生よりもずっとがんばるのだ。その歳で免許をとりに来るからには、各々、切実な理由がある。だから、規定時限はオーバーするが、本当にがんばる。

じゃ、おつかれ、と陽南子に言って、おれは職場をあとにする。四葉自動車教習所。略称、四葉自教《じきょう》。今日は早番。明日は休みだ。三勤一休。ウチは早番と遅番のシフト制。早番だと午前八時半から午後七時まで。遅番だと後ろに一時間ずれる。

四葉自教の周りは畑が多い。戸建ての住宅も増えてはきたが、ほぼ畑、と言っていい。ゆっくりと道を歩き、駅へ向かう。街灯は整備されてるので、夜でも暗くない。徒歩十分。四葉駅までは送迎バスが出てるが、あくまでもお客さま、すなわち教習生のためのもの。教官が乗るわけにはいかない。

四葉は高台に位置する。国道を挟んだ海側は新興住宅地のみつばだ。いや、もはや新興でもない。埋め立てられて四十年は経ってる。そちらは完全な住宅地。一戸建てだけじゃなく、アパートやマンションもある。ムーンタワーみつばなる三十階建てのものまである。

　このみつばのおかげで、四葉自教はどうにかやっていける。送迎バスはJRのみつば駅へも出てる。競合する教習所もないではないが、距離的なアドバンテージはウチにある。造成されて四十年も経てば、住人の世代も替わる。これからは、大人になったかつての子どもたち、の子どもたちがウチに来てくれることを期待するしかない。

　みつば駅とバス会社の路線バスで結ばれる四葉駅に着く。こちらは私鉄の小さな駅だ。駅前は栄えてない。みつば駅のような大型スーパーはないし、バスロータリーもない。数軒の店が並ぶだけだ。コンビニ。最近できた牛丼屋。もとからある蕎麦《そば》屋。おれが目指すのは、蕎麦屋の隣の店。バー『ソーアン』。

　冴《さ》えない四葉駅前にこの店があると知ったときは、ちょっと震えた。

　初めはあやしげなスナックみたいなものだろうと思ってた。が、ある日、たまたま前を通ったときにドアが開き、お客が出てきた。そのときに洩《も》れてきたのが、ザ・バンドの『傑作をかく時（When I paint my masterpiece）』。一度通りすぎて戻り、意を決して入ってみた。それが『ソーアン』との出会いだ。おれが四葉自教の教官になってからは三年が過ぎてた。

　で、今日もおれは、目立たない『so and』の立て看板を横目に木のドアを引き開ける。いつものように音楽が洩れてくる。ちっともやかましくない。ロックバーっぽくない。それこそが『ソーアン』だ。

「益子ちゃん、いらっしゃい」とカウンターの内側からマスターが言う。

「この時間てことは、今日は早番？」とこれは冬香《ふゆか》ちゃん。

「そう。一分でも早く冬香ちゃんに会いたくて、直行」

そんなおっさんチックなことを言い、おれは真ん中のカウンター席に座る。混み具合によって左右に一つ二つずれたりはするが、まあ、定位置だ。まだ午後七時半だから、お客はおれのほかに二人。壁沿いに二つある二人掛けのテーブル席に座る男女のみ。

「ギネス？」とマスターに訊かれ、

「うん」と答える。

冬香ちゃんがすぐにショットボトルを出し、目の前でグラスに注いでくれる。

二十代のころはボトルから直飲《じかの》みしたものだが、今はグラスに注ぐ。そのほうがうまいと感じる。ビールの色が見えるからだろう。

「おつかれさま」と冬香ちゃんに言われ、

「おつかれ」と返して一口飲む。

クリーミーな泡が上唇に少し残る。

「うまい」

「今回は日曜休みだ？」

「そう」

月曜休みなら来られなかった。日曜が『ソーアン』の定休日なのだ。

飲むのは休日前夜だけと決めてる。マイルール、みたいなものじゃない。厳格に決めてる。酒が翌日に残るとマズいからだ。教習所の教官が二日酔いでいいはずがない。毎朝、出勤後にアルコール検査をされる。反応が出たら、その日は乗車できなくなる。欠勤扱いとなり、家に帰らされる。そんなことが続けば、たぶん、あっさりクビになる。だから気をつけてる。これまで反応が出たことは一度もない。当然だ。休日前夜以外は一度も飲んでないから。その代わり、前夜は飲む。結構飲む。

　ということで、休日前夜。おれは今日もここにいる。住んでるアパートの近くにロックバー。そりゃ来てしまう。飲んでしまう。たとえ四十五歳でも。飲まずにいられるわけがない。娘が十七で妊娠したとあれば。

　ここは本当にアパートから近い。駅までは来たが、帰りも電車には乗らない。また歩いて戻る。おれは四葉に住んでるのだ。アパートから駅までは徒歩十分。アパートから四葉自教までも徒歩十分。四葉自教から駅までも徒歩十分。つまり、四日に一回はその三ヵ所できれいな正三角形を描いてる。

　アパート名は、フォーリーフ四葉。四葉四葉、だ。三階建てで、おれの部屋は三階。三〇三号室。二間。四葉自教に再就職したときに入居した。三月末に五度めの更新をして、丸十年になった。ウチは単独の会社で異動の可能性がないから、どこぞへ移る必要がないのだ。

　で、こちらの『ソーアン』。店名はマスターの下の名前からきてる。吉野《よしの》草安《そうあん》、のソーアンだ。外の看板の『so and』。あれは単なるカッコつけだとマスター自身が言ってた。

　マスターは今、五十五歳。おれ同様、四葉に住んでる。近くの一戸建てだ。マスターではあるが、実はオーナーではない。オーナーは別れた奥さん。店は奥さんのものなのだという。何年か前にそう聞いた。その奥さんに好きな男ができたから別れたのだ。だが雇われマスターとオーナーとしての関係は保ってる。個人としての仲も悪くはないらしい。

　マスターとオーナーの子どもたち、維安《いあん》くんと叙安《じょあん》ちゃんはプロのミュージシャンだ。スカイマップ・アソシエイツというロックバンドのギタリストとドラマー。日本ではあまり有名じゃないが、何と、イギリスでアルバムを出してる。

　二人ともたまにはこの店に来る。ギターの維安くんがブログで店を紹介するから、バンドのファンも結構来る。だからこそ、店はどうにかやっていけるのだ。

　維安くんと叙安ちゃんには、おれも一度だけ会ったことがある。どちらも金髪にピアス。見てくれはパンクロッカー。だがしゃべってみたらごく普通の日本人だった。

　常連の益子ちゃん、四葉自教の教官さん、とマスターに紹介されたので、どうもどうも、とおれは頭を下げた。ありがとうございます、これからも店をよろしくお願いします、と叙安ちゃんに言われ、おれも四葉自教で免許とりましたよ、取り消しになったらそのときはまたお世話になります、と維安くんに言われた。

『ソーアン』には、マスターのほかにも欠かせない人がいる。アルバイトの森田《もりた》冬香ちやんだ。今、三十八歳。髪は茶色く、顔は白い。

冬香ちゃんは、三年前、三十一歳の誕生日にいきなり三十五歳になった。わかりやすく言えば、実年齢を自白した。サバを読むのをやめたのだ。

三十五歳になってあきらめもつきました。と、おれにはそう説明した。そして十七歳の息子がいることを打ち明けた。その息子、幹矢《みきや》くんが小三のときに離婚し、それからはずっと一人で育ててるのだそうだ。ほら、サバを読んだままそのことを話すと、わたし、十四歳でミキを産んだことになっちゃうから、話せなかったんですよ。でもこれからは店のお客さんにもフルオープンでいきます。もう、何かめんどくさいんで。と、冬香ちゃんはそんなことまで言った。笑顔で。

たぶんだが、おれも自分の事情を話したから冬香ちゃんも話してくれたのだと思う。それはマスターも同じだ。

ギネスの残りを冬香ちゃんがグラスに注いでくれる。一口飲んだところで、シン・リジィの『ウィスキー・イン・ザ・ジャー（Whiskey in the jar）』が始まる。

いつもそう。リクエストするわけではないが、おれが来店すると、マスターがどこかで必ずこの曲をかけてくれる。おれが好きなのを知ってるのだ。

マスター自身も好き。初めてここを訪れたあのとき、そのことで意気投合した。例えば何が好きですか？　と訊かれたおれが、まず頭に浮かんだその曲名を答えたから。マスターはうれしそうに言った。うわ、そこきますか！　しかたない。一杯おごります。

『ソーアン』は、大音量で曲をかけないとこがいい。BGM以上騒音未満。絶妙なそのヴォリュームが常に保たれる。聴きながら普通に会話ができる。二十代ならもの足りないかもしれないが、四十代にはちょうどいい。僕自身、うるさいのはもういやなんだよね、一日ここで働くわけだからさ、とマスターも言ってる。

次もギネスにするか迷ってから、おれはマスターにブラックブッシュを頼む。ビールからウイスキー。アイルランドからアイルランド。それがいつもの流れだ。ここで『ウィスキー・イン・ザ・ジャー』をかけてくれたから、おれもウイスキーでいく。

あぁ、とあらためて思う。やっぱ『ウィスキー・イン・ザ・ジャー』はいい。もう何度思ったかわからない。一人でアパートにいるときはぶっ続けで聴くこともある。飽きない。曲そのものが好きというよりは、曲と演奏が醸す空気が好きなのだ。ムードとは言いたくない。空気。そもそもはアイルランド民謡だ。それを同じアイルランドのバンド、シン・リジィがロックにアレンジした。

ロックは演奏だ。曲のよさはもちろん大事だが、演奏は、もしかするともっと大事。演奏に広い意味での自由を初めて持ちこんだのがロックだ。ジャズも自由。だがそれとはちょっと意味がちがう。何だろう。枠そのものが大きい。ジャズもブルースもファンクもぶち込んでしまえる。

ロックがすべての基本だと、おれは思ってた。すべて＝生活。十代のころはみんながそうだとも思ってた。ちがったが。

聴くようになったきっかけは、犬飼悦人《いぬかいえつと》の家にたくさんレコードがあったことだ。悦人は中高の友だち。中だけでなく、高も同じ。何なら、レコードを好きなだけ聴けるその環境を失いたくないから悦人に合わせて受験校のランクを一つ下げた感じもある。

ＣＤに切り替わる少し前。粗製濫造されるプロモーションビデオのせいで音楽の質そのものは落ちてた時代。犬飼家には何百枚ものレコードがあった。サンスイのアンプにダイヤトーンのスピーカー。オーディオの質も高かった。親父さんがビートルズ好きで、いわゆるポピュラー音楽への理解があったのだ。

おれは週七に迫る勢いで犬飼家に行った。通った。入り浸った。

犬飼家はその名に反して猫を飼ってた。キャットという身も蓋《ふた》もない名前の茶トラ猫だ。広い洋風二階建て家屋をいつも自由に歩きまわってた。おれが来ると、キャットも二階の悦人の部屋に来た。特におれを好いてたわけじゃない。来訪者があるたびにそうしてたらしい。飼い猫にまでホスピタリティが行き渡ってる家なのだ。

おかげでおれは、自分が猫アレルギーであることを知った。悦人んとこに行くたびに目がかゆいんだよなぁ、とは思ってた。あ、猫飼ってるからか、とある日気づいた。が、キャットが部屋に来なくても目はかゆくなることがわかったので、ならしかたないと受け入れた。

犬飼家には、苗子《なえこ》さんという三歳上のエロい姉ちゃんもいた。いや、別に本人がエロいわけじゃない。こちらが勝手にそう見てただけ。何というか、もう、フェロモンが体から溢《あふ》れてしまってた。

そんな苗子さんに小枝《こえだ》やコーラを出してもらえるのだから、目のかゆみに耐えるのは簡単だった。おれは身をすり寄せてくるキャットを撫《な》でながら、そして、益子くんはカノジョいるの？　といった苗子さんからの刺激的な質問に答えながら、ロックのレコードを何枚も聴いた。

この苗子さん、今は四人の子の母親になってる。丸々と太ってる。一昨年《おととし》の正月に訪ねた犬飼家で久しぶりに顔を合わせた。悦人に言われて家に上がったおれに、小枝やコーラでなく、ゴディバのチョコレートやブルーマウンテンコーヒーを出してくれた。太ってこそいたが、フェロモンは失われてなかった。分泌量が減っただけだ。

悦人自身も、今は二人の子の父親になってる。丸々と、まではいかないが、丸一つ分ぐらいは太ってる。好きなものは温泉。ロックはもう聴かない。普通、卒業するだろ、なんて言ってる。大人のロックなどと言いだして妙にソフトなものを聴いたりしないだけましだが、嘆かわしいことは嘆かわしい。

二人の子というのは、篤人《あつと》と律人《りつと》。双子だ。今、高三。来年大学に受かったら、ともに四葉自教に入校してくれることになってる。みつばからなので、通えるのだ。駅から送迎バスに乗ってもいいし、自転車でも来られる。

悦人親子はみつばベイサイドコートというマンションに住んでる。おれとちがって長男の悦人は、篤人と律人が大学を出て独立したら実家に戻るつもりでいるらしい。親のこともあるけどさ、久しぶりに猫を飼いたいんだよ。と、こないだこれまた久しぶりにみつば駅前の蜜葉屋で飲んだときに言ってた。

ちなみに、この『ソーアン』で悦人と飲んだことはない。もはやロックを聴かない悦人はこの手の店に興味がないし、おれもここで悦人と飲みたいとは思わない。一人のときは一人でいい。カウンターの向こうにマスターと冬香ちゃんがいてくれるぐらいがちょうどいい。

ロックを卒業した悦人のことを嘆かわしく思う一方で、まあ、それが普通だよな、とも思う。おれも音楽の雑誌は読まなくなったし、ライヴにも行かなくなった。音楽以外のとこでもそう。映画はまったく観なくなったし、テレビもほとんど見なくなった。中高生のころは好きだった野球も見なくなったし、大学生のころは好きだったサッカーも見なくなった。こないだのワールドカップは日本戦さえ見なかった。それにはおれ自身、驚いた。

二十代のころは、七〇年代六〇年代にさかのぼるだけじゃなく、その時々の音楽も追った。九〇年代のロックだ。そして三十を過ぎたころ、もう新しいものに目を向ける必要はないのだと気づいた。歳下に媚《こ》びる必要はないのだと気づいた、とも言えるかもしれない。

でもって、おれも四十五歳。まだロックを聴いてる。ちゃんと聴きたくなる。ちゃんと昂《たかぶ》る。ただし。映画やワールドカップの話じゃないが、ほかの部分での衰えはきてる。

それは認めざるを得ない。もう、かなりきてる。

人間、歳をとると、何だかグズグズになる。肌にナゾのシミが出るし、鼻毛に白髪も出る。足の爪も、やけに硬くなったり、そうかと思えばやけにやわらかくなったりする。親指の爪はパキパキなのに、小指の爪はクニャクニャ。意味がわからない。

そして体のあちこちにナゾの痛みも出る。なかなか引かないので、死ぬまでずっとこうなのかと思ってると、二ヵ月後にあっさり引いたりする。本当に意味がわからない。

ほかにもあれこれ思いつく。階段の上り下りの動きがスムーズでなくなるとか、歩きなのになるべく段差がないところで歩道に上がろうとしてしまうとか。

最近は、道で休むおばあちゃんのことが理解できるようになってきた。

よく、何故ここで？　と不思議になる場所で休んでるおばあちゃんがいる。柵《さく》の切れ目のブロック段とか、ちょっとしたコンクリ段とか。あれはたぶん、おばあちゃんなりに計算した結果だ。家まではあとどのぐらいだからこの辺りで休んでおかないとマズいな、という。座りやすさは関係ない。その地点で座っておくことが大事なのだ。

そう理解してからは、そんなおばあちゃんを見かけると会釈をするようになった。気づかないおばあちゃんもいるが、気づいて会釈を返してくれるおばあちゃんもいる。寒いねぇ、や、暑いねぇ、と言ってくれるおばあちゃんもいる。こちらも、何にでも対応できる言葉、ですねぇ、をあらかじめ用意しておく。実際に口に出せると、ちょっとうれしくなる。

そんなことを考えながら、マスターが出してくれたアイリッシュウイスキー、ブラックブッシュをチビチビ飲む。道で休むおばあちゃん。ロックを聴きながら考えることじゃないだろ、と思い、苦笑する。

マスターとも冬香ちゃんとも、ベラベラしゃべったりはしない。しゃべりたければしゃべるし、しゃべりたくなければしゃべらない。こちらがしゃべりかければ二人は応じてくれるし、話を広げてもくれる。だが無理にしゃべりかけてくることはない。ほっとくときはちゃんとほっといてくれる。それでいて、間をとり過ぎることもなく、スルリと会話に引きこんでもくれる。

で、そろそろおしゃべりでもすっかなぁ、と思ったところでガラケーが震えた。チノパンの前ポケットのなかで。ヌヌヌヌ、と。

取りだして、開き、画面を見る。

〈万由〉

アイコンタクトでマスターに許可をとり、出る。

「もしもし」

「もしもし。わたし」

「おぅ」

「今、だいじょうぶ？」

「うん」

「どこ？」

「『ソーアン』」

「また？」

「明日、休みなんだよ」

おれは四十五歳で、万由は四十四歳。二十代のカップルじゃあるまいし、頻繁に電話をかけ合ったりはしない。用はないけど声が聞きたくてさ、みたいなことはない。おれがスマホに替えれば、ＬＩＮＥだの何だのでもうちょっとやりとりは増えるのかもしれないが。

「で、どうした？」

「夏休みね、そっちに行けないかもしれない」

「何で？」

「ほら、わたし、こっちでもテニスの同好会に入ったって言ったでしょ？　そこの人たちと、休みを合わせてハワイに行こうなんて話になっちゃって」

「ハワイ」

「もしかしたらグアムになるかもしれないけど」

正直、ちがいがよくわからない。グアムのほうがちょっと近い。のか？

「みんな、若いんだろ？」と尋ねてみる。

「そうでもない」と答がくる。「多いのは三十代四十代」

まあ、そんなものかもしれない。大学でテニスサークルが全盛だったのは、おれらが通ってたころだろう。だから万由もテニスを始めたわけだし。

「テニスをやるには暑いんじゃないの？」

「そのあとに泳ぐ」

「水着になる？」

「もちろん」

「持ってるんだ？」

「失礼ね。持ってるわよ。前はスポーツクラブで泳いだりもしたから」

「あぁ。競泳用のやつか」

「この歳でビキニは着ないわよ」

「着ろよ。アメリカのおばちゃんは平気で着るだろ。でっぷり太ってても」

「それはアメリカのおばちゃんに失礼。で、とにかく、せっかく誘ってくれたから行きたいの」

「でも、そっちには二年しかいないんだろ？」

「だからこそよ。こっちでの付き合いも大事にしたい。人脈って、どこからどう広がるかわからないし」

「そういうことならかまわないけど。じゃあ、そのうちおれがそっちに行くっていうのは？」

「それなら大歓迎よ」

「泊まれる？」

「だいじょうぶ。寮は寮だけど、家族は泊まっていいことになってるから」

家族。広い意味での身内、ということだろう。カレシを身内とカウントするのも可。

「土日に連休がとれそうなら行くよ」

「うん。わたしもそっちに行けそうなら行く。豊士が日曜休みのときの土曜ならオーケーでしょ？」

「ああ」

「明日が休みで、今後も三勤一休ってことよね？」

「そう」

「覚えとく」

「おれも考えてみるわ、大阪」

「そうして。じゃあ、お店にいるならもう切るね」

「うん。じゃあ」

通話を終える。ガラケーをパタンと閉じ、チノパンのポケットに戻す。そしてブラックブッシュを一口飲む。チビリと。

万由はこの四月に異動した。といっても、二年。一応、期限がある話だ。会社の新プロジェクトのメンバーに入ったとのことで、そうなった。今は大阪本社にいる。二年後に東京本社に戻るらしい。

三月にその異動の話を聞いたときは、マジかよ、と思った。が、期限付きということもあり、さほどあせりはしなかった。そもそも毎週会ってたわけでもない。そんなには会えないのだ。休みがうまく重ならないから。

たぶん、万由はもう子どもを持たない。四十になったあたりでそう決めた感じがある。会社で役職についたことが大きかったのかもしれない。

今は大阪での生活を楽しんでるようだ。たまにお好み焼き定食の画像なんかを送ってくる。大阪人はお好み焼きをおかずに白ご飯を食べる、は事実であることが判明！　といったコメントを添えて。

万由とはいずれ再婚するつもりでいる。つもりのまま、ズルズルきた。スマホに替えるきっかけがないままズルズルきたガラケーみたいなもんだ。おれも万由も、結婚の言葉を口にしたことはない。この異動の話をしたときもその件には触れなかった。だが一方では、異動に期限が付いたことで時期がはっきりと定まった感じもあった。二年後、万由が東京に戻ってきたとき、だ。

マスターにアボカドのハンバーガーを頼む。チーズも加えられるのだが、いつものようにそれはなしでお願いする。この歳でバーガーにチーズは重いから。

アボカドバーガー。今日の晩メシだ。アボカドなんて、去年まで食ったことがなかった。初めて食ったのはこの『ソーアン』で。案外いけるから食べてみてよ、とマスターに言われたのだ。

かつて『ソーアン』は夜のバー営業のみの店だった。が、数年前から昼のカフェ営業もやるようになった。軽食も初めはサンドウィッチ程度だったが、凝《こ》り性のマスターがじきハンバーガーにも手を出した。そして見よう見まねでつくったのがアボカドバーガーだ。休日の昼に食ってみたら、うまかった。夜も出してくれたら食うよ、と言ったら、マスターは本当に夜も出すようになった。今では店の人気メニューだ。それを目当てに来るお客もいる。維安くんもブログで推してる。

カウンターの内側でパティを焼きながら、マスターが言う。

「電話、カノジョさん？」

「うん」

「益子さんのカノジョさん、見てみたいな」と冬香ちゃん。「今度連れてきてくださいよ」

「ロックは聴かないからなぁ」とおれ。

「じゃあ、何を聴くんですか？」

「えーと、何だろう。流行《はや》りものかな。いや。何かを聴くって感じでもないのか」

「あぁ。それはダメだ」

「何？」

「カノジョのことはもっと知らないと」

「向こうもロックのことは知らないよ。シン・リジィ、とか言ってもきょとんとする。お互い、そのぐらいのほうがいいんじゃないかな」

「わたしならカレシのことは知りたいなぁ。シン・リジィだって、がんばって聴いちゃうかも」

ブラックブッシュからギネスに戻し、熱々のアボカドバーガーを食べる。バーのフードメニューなので値段は千円を超えるが、それだけのことはある。四葉で正三角形を描きつづけるためにも、この店がなくならないよう売上には貢献しなければならない。

熱いバーガーを冷たいギネスで飲み下しながら、万由のことを考える。その流れで、美鈴のことも考える。美鈴はアパレルメーカー勤めで、万由は繊維メーカー勤め。本社はどちらも日本橋《にほんばし》。仕事上の付き合いができたりしないだろうな、といつも思うことを、今日もまた思う。

# 八月　ハング・ダウン・ユア・ヘッド

林田佳世にも言ったように、教習生で圧倒的に多いのは学生だ。大学生。普通免許は十八歳からとれる。四葉自教の場合は、誕生日の二ヵ月前から入所できる。早生まれでもなければ、高校を卒業する前に免許を手にすることも可能だ。

だが今、高校生のうちから教習所に通う子はあまりいない。すべての学校で禁止されてるわけでもないが、それでも入所する子は少ない。

昔ならもっといただろう。おれが高校生のときは当たり前に禁止されてた。されてなかったら、通うやつはたくさんいたはずだ。早々と現役での大学進学をあきらめたやつなんかは嬉々《きき》として通っただろう。早く卒業して免許とりてえよ。スカイラインに乗りてえよ。マークⅡに乗りてえよ。口癖のようにそんなことを言うやつが周りに結構いた。

今はもう、それはないだろう。四十五歳のおっさんとして、時代は変わったと感じる。おれが免許をとったころは、ＡＴ限定を選ぶ者はほとんどいなかった。男に関してはほぼゼロ。何なら、ＡＴ限定をとるのは恥、という感覚さえあった。今は七割がＡＴ限定だ。それで充分、と誰もが感じるようになった。おれだって、自分の車はＡＴだ。

若者の車離れ、なんてことがよく言われる。車に興味をなくしたのではなく経済事情の悪化でそこへ手が伸びなくなってるだけだ、なんてこともまたよく言われる。

おれの感覚ではどうかと言うと、離れてる。理由は経済事情の悪化かもしれないが、結果として興味もなくしてる。教習の合間にするこの質問でわかる。車、何に乗りたい？

別に何でも。というのがごく一般的な答だろうか。具体的な車名を挙げる者はまずいない。

この一ヵ月でただ一人挙げたのが、川口成巳《かわぐちなるみ》だ。ホンダのヴェゼルとかいいですね。値段的にも、がんばれば手が届きそうだし。

その会話があったからこそ、川口成巳というその名前まで覚えてた。そう言うと不人情に聞こえるかもしれないが、教習生の名前は覚えない。一日八時限、毎回ちがう人と教習車に乗るのだ。顔は覚えても、名前までは覚えられない。覚えてるのは、何度も指名予約をしてくれた教習生や何か印象的な話をした教習生。どうしても限られる。川口成巳はそのヴェゼルで覚えてた。ホンダでも、フィットやフリードでなくヴェゼルか、と。

その成巳が、受付カウンターで小西陽南子と何やら話をしてた。

小柄でかわいい陽南子は、教習生たちから人気がある。たぶん、男女どちらからもある。説明が丁寧でわかりやすい。それでいて、かしこまり過ぎない。だから話しやすいのだ。十九歳上のおれでさえ話しやすい。

だが成巳は、歳上の姉ちゃんに甘えてる感じでもなかった。口調がやや強い。わざとオーバーさせたとしか思えないんですよ、との不穏な言葉も聞こえてきた。

というわけで、一時間後。昼休みの直前。受付カウンターにふらりと寄って、陽南子に訊いてみた。

「何かあった？」

「はい？」

「えーと、川口くん。さっき通ったら、話してたから」

「あぁ。わたしもどうしようかと思ってたんですよ。所長にまで言われたらマズいなぁって」

「クレーム？」

「に近いんですかね」

「誰？」

「津村《つむら》さんです」

津村さん。良太だ。入社一、二年めの新人教官から見れば良き兄貴分だが、おっさんのおれから見ればあぶなっかしい若造。とはいえ、中途採用のおれよりはずっと運転技術が高い。普通車の技能検定員の資格もすでに持ってる。この先、準中型、中型、大型くらいまではとるつもりらしい。

良太の長所は若いところだ。短所もまた若いところ。言うべきことをはっきり言う。言ってしまう。オブラートというものを知らない。おれだってよく知らないが、良太はその言葉自体を知らない。益子さんくらいのおっさんになると、しょんべんの切れが悪かったりするんすか？ なんてことを平気で言うので、こないだ言ってみた。なあ、もうちょっとオブラートに包めよ。すると、こう返してきた。オブラートって何すか？ ビブラートみたいなもんすか？

普段、ほかの教官の教習を目にすることはない。だが良太の教習なら想像はつく。楽しくて厳しいだろう。楽しい教官ととるか厳しい教官ととるかは、教習生次第。良太は指名予約を受けることも多いが、その指名が続かないことも多い。今の若い子たちは繊細だ。女子に限らない。男子もそう。気軽に発した言葉一つをやけに重く受け止める。

「あいつ、何か失礼なことでも言ったの？」

「いえ、そういうことでは。ただ、あと五分てところで教習を打ち切りにしちゃったみたいで」

「何で？ 逆に何か言われてカッときちゃったとか？」

「いえ、そういうことでも。川口さんがスマホを見ちゃったらしいんですよ」

「教習中に？」

「はい」

「なら本人が悪いんじゃん」

「まあ、そうなんですけど」

　そういうことは、入校時にちゃんと説明する。教習中、ケータイやスマホは電源オフかマナーモードにしてください。もし電話に出てしまうと、その時点で教習は不成立となります。

「川口さん自身は、着信があったからちょっと見ただけだって言うんですよ」

「ちょっとでもダメだよね」

「はい。津村さんもそう言ったみたいです」

　その言い方がマズかったのだろうか。良太のことだから、はい、アウト〜、だの、終了〜、だの言ったとか。

「川口さん、バイブの音はかなり大きいから助手席の津村さんにも聞こえてたはずだって。津村さんが止めないからいいだろうと思って自分は見たんだと」

だから、わざとオーバーさせた、か。甘いにもほどがある。教官はお守《も》り役ではない。

　とはいえ、そう思ってしまう教習生も多くいる。まあ、しかたない部分もある。教習というものの性質上、教習生はどうしても受け身になる。結果、指示待ち体質になる。止められないならやっていい、にもなってしまう。

「何ていうか、津村さんのことを信頼してたみたいなんですよね」

「わからないではないけど、その信頼は、ちょっとちがうよね」

　何となく話が見えてきた。もしかすると良太も、あえて言わなかったのかもしれない。

バイブの音は聞こえてた。だが試したのだ。こいつまさか取りださないよな、見ないよな、と。

「震え方で電話じゃないことはわかってたらしいです。そこで電話に出るほどバカじゃないと言ってました。ただ相手を確認しただけ、いつもの癖でつい見ちゃっただけ、二秒もかかってない、と」

「時間の問題じゃないんだよね。いつもの癖をつい出しちゃうことがマズいんだ。でも、いい薬になったんじゃないかな」

「だといいですけど」

成巳がスマホをポケットから出そうとしたときに、見たらアウトだぞ、と言ってやる。そんなやり方もあったのかもしれない。おれならまちがいなくそうしてた。たとえ教習生自身のせいだとしても、打ち切りは後味が悪い。だがそこでもそれをやれるのが良太だ。やってしまうのが良太だ。強いと言えば強い。が、若い。

「わたし、困っちゃいましたよ。小西さんどう思います？　って川口さんに訊かれて」

「どう答えたの？」

「笑ってごまかしました。見たらダメですよぉって」

そのあたり、陽南子はうまい。ごまかしたように見せて、ごまかしてない。言うべきことはちゃんと言ってる。見ちゃダメなのだ。規則は規則、だからダメ、という話でもない。危険だからダメなのだ。事故につながるからダメなのだ。

「ちょっと心配です。川口さん、勢いで所長に言ったりしないかな」

「言われても問題ないよ。良太はまちがったことをしてない」

「そうですけど。もう少し柔軟にやればいいのに」

「小西さんから言ってやってよ。もっと柔軟にやれよこのタコ！　って」

「そんなぁ。言えませんよ」

「タコはなしでもいいからさ」

「タコはなしでも無理ですよ。わたし、歳下ですもん」

「あいつ、言うことはまちがってないんだけど、無駄に強く出るんだよな。もうちょっと抑えりゃダントツの人気教官になんのに」

「でも、歳上にもきちんと強く出ますよね」

「出るね。おれにも強く出やがるよ。モメてるわけでもないのに。まあ、とにかくさ、心配はいらないよ。何か言われたとしても、所長だって良太に非がないことはわかる。川口くんて、まだ十八でしょ？　十代の教習生が所長室に乗りこんだりはしないよ」

　乗りこまない。いや、乗りこめない。あのいかつい所長のところへは。

　近藤《こんどう》所長。柔道の有段者だからか、五十三歳の今も体格がいい。背はおれと同じ百七十センチぐらいだが、横幅があり、がっちりしてる。そして年じゅう日焼けした顔に丸刈り頭。一言で言えば、こわい。

　所長自身が、ここは反社会的勢力の息がかかった教習所だと思われるのではないかと密《ひそ》かに懸念してる。益子くん、僕はこわいかな？　とおれに訊いてきたこともある。そんなだから、少しでも柔和《にゅうわ》な印象になるよう丸眼鏡をかけてる。教官時代はコンタクトをつかってたのに、わざわざ眼鏡に戻したのだ。日焼けしてるのは釣りが趣味だからだし、丸刈りにしてるのは癖毛《くせげ》だから。実際には相当温厚な人だ。仏の近藤、と言っていい。

　ただ、おれは一度だけ、仏が鬼になったのを見たことがある。今から二年ほど前、二十代半ばの男の教習生が酒を飲んで教習に来たときだ。

　普通、飲酒の疑いありなら、教習生にもおれらと同じアルコール検査を受けてもらう。反応が出たら、その日の教習はなしにする。教習生も、まさか酒が残ってるとは思わなかった、という場合がほとんどだから、実際に反応が出れば納得して帰ってくれる。それでトラブルになることはまずない。

　だがそのときはちがった。疑うとかいうレベルじゃない。その教習生は明らかに飲んでた。酔った勢いで教習に来た感じだ。

　受付はどうにか通ったが、そこまでだった。たまたま教習を持った加島さんは、その状態では無理ですね、と告げた。すると教習生は、予約を入れてるのに何だ！　と文句を言った。教習所は私有地だから乗ってもいいはずだ！　と変に理屈っぽいことも言った。怒鳴り散らし、何なら暴れだしそうだったので、陽南子が所長を呼んだ。いや、呼ぶまでもなかった。

怒鳴り声を聞いた所長は自ら静かに、そして素早く現れ、言った。ふざけるな！　わずか五音。まさに一喝。離れた教習車にいたおれにも、その声ははっきりと届いた。

かなりビビったはずだが、そこは立派な酔っぱらい、教習生は所長につかみかかった。だが所長に両腕をつかみ返され、何もできなくなった。ただ両腕をつかまれただけ。なのに固まった。所長はそこから何でもできただろう。巴《ともえ》投げ、大外刈り、一本背負い。寝技に持ちこんでの腕ひしぎ逆十字。

投げも極《き》めもせず、所長は教習生を所長室に連れていった。そして一時間近く話をし、帰らせた。退所まではさせなかった。教習生も自主退所はしなかった。教習を最後まで終え、卒業していった。その際、所長は再度教習生を所長室に呼んで話をした。飲酒運転は絶対にするなと諭《さと》したのだと思う。

「あ、そういえば」とおれは陽南子に言う。「臼井さん、どう？」

先月入所した六十九歳の臼井しのさんだ。

「もう三回か四回は乗りましたよ。苦労してるみたいです」

「そっか」

「加島さんを指名してますよ」

「やっぱり？」

「益子さんにああ言われたんで、わたしがおすすめしました。臼井さんに訊かれたんですよ、誰がいいだろうねぇって。だから加島さんの名前を出しました。お孫さん世代よりもまずは歳が近い人かなと」

「うん。確かに、良太よりは加島さんだね」

良太とは正反対。無口で穏やかな加島さん。ベストだろう。

「がんばってほしいですよ、ほんとに。特別扱いするつもりはないですけど、やっぱり気にはしちゃうんですよね。だいじょうぶかなとか、何か困ったことないかなとか。でもあんまり言いすぎて逆に気分を害されたらよくないんで、やり過ぎないようにしてます」

「おれもエラソーなことは言えないけど、でも言っちゃうけど、それでいいんだと思うよ」

引くとこはちゃんと引ける陽南子。爪の垢《あか》を煎《せん》じて良太に飲ませたい。

で、翌日の十時限目。おれは川口成巳の教習を持った。

指名予約を入れられたのだ。いや。入れてくださったのだ。良太と顔を合わせたくなかったのだと思う。いやな相手を避けるための消極的指名。まあ、おれにしてみれば、理由は何でもいい。ヤラしい話、指名予約は教官としての評価につながるのだ。

この日の成巳はいたって普通。第一段階のS字とクランク、どちらも無難にこなした。当然かもしれない。何せ、二回めなのだ。前回は良太とのあれで教習不成立になってしまったから。

今回も成巳のスマホが鳴ったらどうすっかなぁ、と助手席で思った。確かに、バイブにはしてても振動音が聞こえてくることはある。教習車を停めて説明してるときなんかは、はっきり聞こえる。教習生はあせるが、こちらはかまわず話を進める。無視することで、運転中の着信は無視するべきだと教えるのだ。

さすがに懲りて電源をオフにしたのか、たまたまその時間は着信がなかったのか、成巳のスマホは振動しない。

だが五十分のうちの三十分が過ぎたあたりで、成巳は自ら言う。

「益子さん」

「はい？」

「運転中のスマホってダメじゃないですか」

「ダメだね」

若い教習生には敬語をつかわないこともある。歳上と話すときに緊張する子もいるからだ。そのあたりは人を見て臨機応変にやる。敬語にタメ語を交ぜたりもする。

「ネットで調べたんですけど、赤信号で停まってるときはいいんですよね？　少しも動いてなければ」

「でも信号で停まってるときだけつかうっていうのは、現実的じゃないよね？」

「やっぱダメなんですかねぇ」

「そもそも何で禁止になったのかって話だよ。あぶないから、だよね？　誰がどう考えてもあぶない。これはあくまでも個人的な意見だけど。法律どうこうじゃない。一番大事なのはそこでしょ。あぶないかあぶなくないか、事故につながる危険があるかないか。運転中にスマホで見なきゃいけない情報なんて一つもない、とおれは思うよ」

今は、運転中にケータイを保持するだけで交通違反になる。保持。画面を注視するだけでダメ、ということだ。

それでも、やってしまう者はいる。ケータイで話してるドライバーを見ると、ダッシュで追いかけてケータイを取りあげ、投げ捨てたくなる。おれがそんなこと教えたか？と言いたくなる。おれ以外の教官もそんなこと教えたか？と言いたくなる。

「でも例えば」と成巳が言う。「運転中にメールがきたら、読まないまでも、誰からかくらいは見ないですか？」

「見ない」と即答する。

「マジですか？」

「マジだよ」

「ぼくの母ちゃんなんかは見ますよ」言ったあとにマズいと思ったのか、成巳はあわてて続ける。「もちろん、赤信号で停まってるときにですけど。時間をかけずにサッと」

「じゃあ、お母さんに言っときな。やめろと教官のおっさんが言ってたって。青信号に気づくのが遅れて急いで発進するのは、あぶないんだ。まだ行けると思った歩行者が飛び出してこないとも限らないから。事故なんてさ、ほんと、簡単に起こるんだよ。危険はいくらでもある。お母さんが事故の加害者になったら、いやだろ？」

「それは、いやですね」

「誰にも何のいいこともない。それが交通事故なんだよ」

そして教習を再開する。S字とクランクをもう一度。臼井しのさんを筆頭にここで苦労する教習生も多いが、成巳はやはり無難にこなす。何ならうまいと言っていい。実際にうまいとほめた。

残りは十分になったところで、またしても成巳が言う。

「益子さんて」

「ん？」

「津村さんと、仲いいですか？」

「仲がいいかって訊かれると微妙だけど。まあ、いいのかな。歳が離れてるわりには」

「こないだ、津村さんに教習を打ち切られたんですよ」

「え、そうなの？」とすっとぼける。

「はい。メールがきたんで、ポケットからスマホを出して見ちゃったから」

「あらら」

「ぼくが悪いんですよね？」

「川口くんが悪いね」とそこも即答する。

「でも一秒とか二秒だし、つい見ちゃっただけなんですよ」

「そのついがあぶないんだよ。一、二秒のついのあいだにも子どもは飛び出してくる。

君の都合なんて考えないよ」

「だけど」

「だけど？」

「バイブの音は聞こえてたはずだから、ポケットから出す前に言ってほしかったですよ」

「うーん」左手の人差し指で左頬をポリポリ掻《か》き、言う。「じゃあさ、川口くんは、見ちゃダメだってことを知らなかったのか？　入所のときに、見ちゃダメだと説明されなかったか？」

「それは」

「実際に免許をとったら、もう隣に教官はいない。君自身の判断で全部やらなきゃいけない。それができる人間にしか免許は出せないんだよ」

成巳は何も言わない。ちょっとふてくされたように見える。

教習は残り五分。所定の場所に戻るよう指示を出す。成巳が教習車を走らせる。そして停まる。おれは教習原簿にハンコを押す。技能は問題ない。次へと進むべし。原簿を成巳に渡す。

「ありがとうございました」と成巳が事務的に言う。

「おつかれさま。次もがんばってな」

「はい」

運転席のドアを開け、成巳が教習車から降りようとする。

その背中に言う。

「なあ。これだけは覚えといてくれ。君らからどう見えるかは知らんけど、おれらは好きで教習を打ち切ったりはしない。ハンコを押すのを渋ったりもしない。もちろん、仕事でやってはいるよ。金を稼ぐためにやってる。でもわざと規定時限をオーバーさせてその分余計に金をとろうなんて思わない。敵じゃないんだよ、おれらは」

ドアを開けたまま、成巳は動きを止めてその言葉を聞いた。

まだ先があると思ってるようなので、こう続ける。

「おしまい」

曖昧《あいまい》な返事のようなものをして、成巳は教習車から降りる。おれを見ずにドアを閉める。バタン！　とではなく、パタン、と。怒りは感じさせない音だ。

戻っていく成巳の後ろ姿をフロントガラス越しに眺める。いつもならおれも職員用トイレへと急ぐとこだが、今日はこれで終わりなので急がない。

十時限目。午後八時前だから外は暗い。そして暑い。成巳がロビーへ入っていき、その姿が見えなくなる。次の指名予約はないな、と思う。うるさいおっさんだと思われたろうから。

遅番の今日は、三時限目から十時限目まで、八人。内訳は、二十代の男が四人、二十代の女が三人、三十代の女が一人。

三十代は、林田佳世だ。予想どおり、大いに苦戦してる。交差点の左折でふくらみ過ぎ、曲がりきれなかったりする。先生ブレーキ！　とおれに教官用のブレーキを踏ませたりもする。だが女性相手だと気が休まる。

何だろう。このところ、若い男の教習生がみんな悪いやつに見えてしまう。お前、女子をテキトーに扱ったらぶっ飛ばすかんな、と言いたくなる。

緊張した。すごく会いたいのに急げなかった。アパートを出るときの足どりは軽やかだったのに、それが徐々に重くなった。車だから実際に重くなってはいないのだが、そう感じた。林田佳世と同じ。アクセルを強く踏みこめなかった。

私用で運転するときは慎重になる。教官の事故や違反はマズいからだ。違反でも、例えば極端な速度超過なら退職せざるを得なくなることもある。駐車違反でさえ、マズいことはマズい。

それゆえ休日はあまり運転したくないという者もいる。奥さんに運転してもらう者もいる。教官になってからはずっと独りなので、おれはそのやり方をとれない。だから自らハンドルを握り、慎重に運転する。慎重に慎重に運転し、元の奥さんと娘に会いに行く。

美月に会えること自体は本当にうれしい。会えるうれしさのあまり、妊娠を忘れそうになるくらいだ。で、思いだしてブルーになる。また忘れ、またブルー。そのくり返し。

教官なのに、と言うのも変だが、おれの車は軽《けい》。スズキのアルトだ。色はシルバー。諸費用込みで百万円を切る一番安いタイプ。今売られてるのは八代目だが、六代目。もう八年乗ってる。サイドウィンドウの癖のない形がとても気に入ってる。なかは狭いが、一人だから充分だ。ＣＤも聴ける。充分。

約束のファミレスは国道沿いにある。その駐車場にアルトを入れる。一台分のスペースは狭い。軽でちょうどいいぐらい。

で、そこは教官。おれは完璧《かんぺき》な車庫入れを見せる。長方形のスペースのど真ん中にアルトを駐《と》める。ドアから白線までの距離は、左右で一センチとちがわないはずだ。

車から降りる。そのときに初めて、あ、音楽聴くの忘れた、と気づく。それだけ緊張してたということだろう。

その緊張で足をもつれさせながら、ファミレスに入る。ファミリーレストラン。元ファミリーでも受け入れてくれる、レストラン。

「いらっしゃいませ。何名さまですか？」とそう若くないウェイトレスに言われ、

「一人。というか、待ち合わせなんだけど」と返す。

ご自由にお探しください、とばかりにウェイトレスが片手を客席に向けるので、おれはご自由に店内を歩く。

お客はそこそこいる。見つけられなかったらヤバいぞ、と思う。目に入ってるのに気

づけず、席の横を素通りしてしまったら、バツが悪い。

時刻は午後四時五十八分。約束は五時。アクセルを踏む足の力不足で、ぎりぎりになった。二人はもう来てるだろう。自ら指定した時刻に遅れる美鈴ではない。

何か動いた。と思ったら、その美鈴だった。四人掛けのテーブル席に座ったまま手を挙げたのだ。おれに向けて。

そちらへと歩く。急ぎ足で寄っていく。席の前で立ち止まる。

美鈴。そして隣。おれから見て右、窓側にいる女子。まさに女子。元益子美月。現岡美月。六歳が十七歳になってる。女児が女子になってる。

もちろん、一目で顔もわかった。想像したとおりだ。いや、想像したよりもずっときれいだ。かわいいというよりはきれい。髪はそう長くない。肩まで。だが似合ってる。もう夏休みだから制服ではない。私服。Tシャツ。いや、カットソー、とかいうのか？

おれにじゃなく美鈴に似てほしかったので、美月と名づけた。似てくれた。参った。本当に美月だ。

そう思った瞬間、ぶわっときた。鼻の奥がツンとなり、涙が出そうになった。ツンと涙がほぼ同時。初めてだ、そんなの。

おぅ、久しぶりだな、と軽く言うつもりでいた。誰だかわかるか？　と冗談を言うつもりでもいた。ぶしつけなやつと思われてもいいから明るくいこうと思ってた。鏡の前で練習もした。それが無駄に終わった。涙をこぼさないようにするだけで精一杯。声までは出せなかった。

洟《はな》をする。何度もすする。声が震えないよう気をつけて、無理やり言う。

「ごめん。遅くなった」

「なってないわよ。まだ五時前」と美鈴が応《こた》える。「座って」

座る。二人の向かい。座席の真ん中。どちらかといえば左寄り。美鈴寄り。気持ちの弱さが出る。

「ここは全席禁煙だけど。タバコは吸わないのよね？」

「吸わない」

二十代のころは吸ってたが、美月ができたときにやめた。やめてほしいと美鈴に言われたのだ。自信はなかったがやめられた。やめられるもんだ、ちゃんと理由があれば。そして生まれてきた美月の顔を見たとき、やめてよかったと心の底から思った。この天使に煙を吐きかけられるわけがない、と。

で、十七年経った今。あらためて美月を見る。同じ目の高さで見る。またぶわっときそうになるのを抑えて言う。

「こんにちは」何だそれ。

美月は小さくうなずき、窓の外を見る。何も言わない。

あれっと思い、まあ、そうか、と思う。窓の外を見てくれたおかげでこちらは美月の顔を見やすくなった、と前向きに考える。誰だかわかるか？　なんてしょうもないことを言わなくてよかった。

ウェイトレスがやって来たので、ドリンクバーを注文する。料理はあとで頼んでもセット料金にできますか？と美鈴が尋ね、だいじょうぶです、とウェイトレスが答える。三人で飲みものを取りに行き、戻ってくる。おれはホットコーヒー、美鈴はホットの紅茶、美月はオレンジジュース。往復するあいだは無言。おれだけじゃない。美鈴美月親子もそう。

それぞれに飲みものを一口飲む。

美鈴がおれに尋ねる。

「車？」

「そう」と答える。「軽。スズキのアルト」と訊かれてないことまで答える。で、質問する。「そっちは？」

「車」冗談なのか何なのか、美鈴はこう続ける。「軽。ラパン」

「同じか」

「そう。スズキ」

「そこだけじゃなく。アルトラパンなんだ、正しくは」

「そうなの？」

「そう」

「美月が選んだの。ダイハツのミラとどっちにするか迷って」

「ミラも、いいよな」

「いや、ミライースだったかな」

「イースもいいよ」

一応、美鈴に言ってるが、もちろん美月にも言ってる。

だが美月は無反応。やはり窓の外を見てる。何てことはない国道だ、車がビュンビュン走るだけの。

「ここなら近いから、歩いても来られるんだけど」と美鈴。

「無理はしないほうがいいだろ」とおれ。

「ん？」

「いや、ほら、体」

「あぁ。まだそんな時期じゃないわよ」

ヤバい。余計なことを言った。勇み足だ。

おれだけじゃないだろう。男はそういうことをまったく知らない。女の体のこととか、妊娠の仕組みとか。学校では、女子にでなく男子にこそ、その手のことをちゃんと教えるべきだろう。あなたのその一時の欲望が人の未来を左右してしまうのですよ。おれは知らないじゃすまないのですよ。あなただって困るのですよ。

話をかえるべく、美鈴にこう尋ねる。

「今日は休みじゃないよな？」

「休みではないけど、結局、半休をとった。仕事のあとだとあわただしいし、早く帰れても八時だから」

「何か悪いな」

「こっちから言いだしたことよ」

こっち。距離を感じさせる言葉だ。おれもさっき、そっち、と言ってしまったが。

「えーと、仕事はどうだ？」

「どうってこともないわよ。普通」

「普通って何だよ」と無理に笑う。

言ってみれば誘い笑いだが、美鈴も美月も笑わない。誘われない。

「普通は普通よ。どうにかやってる。そっちは？」

「おれも、普通か。前のとこほどはキツくないよ」

「そう」

美鈴と話すあいだも、美月のことをどうしてもチラチラ見てしまう。美月も気づいてるだろうし、美鈴も気づいてるだろう。無理もないことだと思ってくれればいい。

もう二度と会えなくてもおかしくなかった美月。とはいえ、正直、期待はしてた。美鈴が再婚しないうちは可能性もあると思ってた。例えば美月が十八歳になったら会えるのではないか。会いたいなら会ってもいいというようなことを美鈴が美月に言うのではないか。そして美月が会いたいと言ってくれるのではないか。

『ソーアン』の冬香ちゃんがそうなのだ。年齢のサバ読みを自白したときに話してくれた。冬香ちゃんが一人で育てた幹矢くんには弟がいる。冬香ちゃんと別れて再婚した元父の子だ。その子の存在がきっかけで、冬香ちゃんは離婚することになった。夫と愛人のあいだに子どもができてしまったから別れたのだ。

冬香ちゃんは、十八になったときに会いたいと思ってたら会ってもいいよ、と幹矢くんに言った。血のつながった弟に会うのは幹矢くんの権利だから、だ。会うのはあくまでも弟。だが会うなら、歳の離れた幼い弟を連れてくる元父にも会うことになる。

幹矢くんは、じき二十歳。一年前の段階では、弟とも元父とも会ってなかった。

何故そこまで知ってるかと言うと、去年、四葉自教に来てくれたからだ。おれに指名予約も入れてくれたので、教習中にさらりと訊いてしまった。弟と会ったの？　会ってないです、と幹矢くんは答えた。たぶん、会わないです。やっぱフユは、父親には会ってほしくないだろうから。

立派な決断だと思った。ただ、同じ父親としては複雑な気分だった。会えないのだ、息子に。それはツラい。愛人とのあいだに子どもができ、そちらで新たな家庭を築いたとしても、実の息子のことは忘れないだろう。

で、そう。思ったことはもう一つ。幹矢くんは母親の冬香ちゃんをフユと呼ぶ。それには感心した。ちょっとうらやましくなった。トヨ、とおれを呼ぶ美月のことをつい想像した。父親を呼び捨てはやめろよ、と言いつつ満更でもないおれ自身のことも。

美月がオレンジジュースを飲むのにつられ、おれもコーヒーを飲む。

「じゃあ、本題に入りましょうか」と美鈴が言う。

入っちゃうのか、本題。そう思いつつ、こう返す。

「あぁ。そうだな」

入るとは言ったものの、美鈴は入らない。おれの顔を見るだけ。おれからの質問に答える、という形にするらしい。この面会の目的はおれが詳しい事情を知ることなのだから、それが一番早いかもしれない。

言葉を慎重に選び、おれは尋ねる。

「えーと、やっぱ、ほんとなんだよな？」

「ほんと」

「医者がそう言ったんだよな？」

「言った」

「まちがいじゃないよな？」

「ない」

「何でだよ。何でそんなことに」

美鈴は答えない。さすがにその質問には答えられない。何でなのか。美鈴が訊きたいぐらいだろう。

そして美月がおれを見る。見るというか、睨《にら》む。初めて口を開く。

「今さらしゃしゃり出てきて何なんだよ」

「え？」とつい言ってしまう。驚きが、声として口から出てしまう。

　別にヤンキー口調ではない。何なんだよ！　と、！マークはつかない。抑揚もない。素《す》の言葉に聞こえる。

　それだけに、こたえる。幼稚園児のころ、おれの足にしがみつき、下からとびきりの笑顔を見せてた美月。あんなにも小さくてかわいかった美月。パパ、チュウ！　と言って、頬や額どころか唇にまでチュウをしてきた美月。つまりファーストキスはおれとすませた美月。

　え？　のほかには何も言えなかった。美月もそれ以上は言わない。国道鑑賞、に戻る。

「相手はフカヤリクくんていう子」と美鈴が言う。

　深谷陸くん、だそうだ。

「同じ二年生。去年、一年生のときに同じクラスだったの」

「そうか」

「お父さんとお母さんとは、電話で話した」

「何て？」

「電話だから、そんなにはっきりしたことは」

　美月の前で言うべきではないと思ったが、訊いた。聞いておきたかった。

「謝った？」

「謝っては、いないかな」

車同士の接触事故と同じ。謝ったら負けだと思ったのかもしれない。と勝手に想像しただけなのに、車の事故じゃねえんだぞ、と勝手に憤《いきどお》る。

「どうしたいということは？」

「それもまだ。ただ会うことを決めただけ。あちらもあわててるんでしょ」

「まあな」

あわててるだろう。何ならこちら以上にあわててるはずだ。息子が同級生女子を。それはあせる。息子の未来に暗雲が立ちこめたと感じただろう。いや、何だよ、暗雲て、と再び勝手に憤る。

「美鈴はその子を知ってる？」

言ってから、結婚してたころのように美鈴と呼んでしまったことに気づくが、もう遅い。

気づかなかったのか気にしないのか、美鈴もそこには反応しない。

「知らない。去年、授業公開のときにクラスにいたはずだけど、覚えてはいない」

「付き合ってる子、なんだよな？」

窓の外を見る美月の眉《まゆ》がぴくりと動いたのがわかる。だからしゃしゃり出てくんなよ、という架空の声が聞こえてくる。

「そうなのよね？　美月」

美月は答えない。母親にすら答えない。

「そうみたい」と美鈴がおれに言う。そして小さくふっと息を吐く。

美鈴は美鈴で相当弱ってるのだと思う。自分のことは何でもできる強い女だけに弱ってしまうのだ、人のことでは。

ついつい美月にばかり気が向いてしまうが、美鈴。元妻。

こちらも会うのは十一年ぶりだ。万由と同じ四十四歳。ちょっと老けた。まあ、美鈴から見ればおれも同じだろう。ちょっとでなく、だいぶ老けたと思ったかもしれない。おっさんもおっさんだ、と。美鈴はおばさんではない。まず、太ってない。節制は今も続いてるらしい。さすがだ。

美鈴とは大学時代にバイト先で知り合った。コンビニだ。おれは大学三年で、美鈴は二年。ゼミで知り合った万由より一年早く知り合った。店でもおれのほうが二ヵ月先輩だった。

あっという間に追い抜かれた。美鈴はもの覚えが早く、仕事の手際もよかった。自分は吸わないのに、すべてのタバコの銘柄を一日で覚えた。当時は吸ってたおれでさえ一週間かかったのにだ。釣り銭まちがいはしなかったし、発注ミスもしなかった。公共料金の支払いでいちいちマゴつきもしなかった。

タバコの銘柄を覚えるのには一週間をかけたおれも、美鈴に惚《ほ》れるのには一週間をかけなかった。美鈴の入店初日に感じた、この子好きかも、は、三日後には、この子大好き、に変わってた。

おれには厳しく美鈴には優しい店長に警戒しつつ、十ヵ月一緒に働いた。そして就職活動を迎えたおれが先にバイトをやめることになった。その際、意を決して告白した。まずはお友だちから、みたいなことを言われた。まだ友だちじゃなかったのか、とがっくりきた。

就職活動中は友だちとして連絡をとり合った。おれの年の就職戦線はキツかった。長い氷河期が始まったあたり。三歳上の人たちからは、内定を四つとっただの解禁日を絡めて拘束旅行に連れていかれただのと夢のような話を聞かされたが、夢はとっくに終わってた。大学三年まででAが二個のおれは苦戦した。苦戦も苦戦。大苦戦。美鈴に励まされてようやく決まったのが某電気機器メーカーだ。

内定を得たのは七月。お祝として、美鈴が晩メシをおごってくれた。これはうれしかった。内定をもらったことよりずっとうれしかった。

場所はおれの希望で銀座《ぎんざ》のビアパブになった。世界各地のビールが飲める店だ。美鈴と二人、ギネスで乾杯した。これおいしいの？と美鈴は言った。無理もない。美鈴は二十歳になってまだ一年も経ってなかったのだ。そんな女子に黒ビールは強すぎる。代わりにおれが飲むから、バドワイザーとか頼めば？とすすめたが、美鈴は無理して飲んだ。お祝だから飲む、と言って。それもまたうれしかった。

その店で、前にしてくれたあの告白はまだ有効？　と美鈴は尋ねた。有効、とおれは答えた。じゃあ、お友だちはこれで卒業、と美鈴は言った。そして、あのときは就職活動に専念してほしかったからああ言ったのだと説明した。

あらためて二人、乾杯した。おれは二杯めのギネスで、美鈴はバドワイザーで。太りたくないけど、今日はいい。美鈴のそんな言葉が乾杯の音頭になった。若々しい。そして、懐かしい。

翌年、四年になった美鈴は、自身の就職をすんなり決めた。今の大手アパレルメーカーだ。確か五月にはもう内定をもらってた。

その後の付き合いも順調だった。小さなケンカはしたが、大きなケンカはしなかった。このままずっと致命的なケンカはせずにいけるだろう、と思った。おれ二十六歳、美鈴二十五歳。そこで覚悟を決めた。結婚しよう、と。

付き合いだした記念の場所、銀座のビアパブに、おれは美鈴を連れていった。二人、ギネスで乾杯した。そのころにはもう、美鈴もギネスをおいしいと言うようになってた。太るまいと気をつけてはいたが、デートのときだけは好きなものを食べ、好きなものを飲むことにしてた。

ギネスが進み、おれは気持ちよく酔った。あまりにも気持ちよく酔いすぎて、大事な話をするのはむしろ億劫《おっくう》になった。

そして、何と、美鈴におならの話をした。小五のころまで女子はおならをしないと思ってた、という話だ。女性を穢《けが》れなき存在として見てたとか、そういうことじゃない。

もっと単純。母親も同級生女子もおならをしなかったから、しないものと思いこんだのだ。特に疑いもしなかった。男女は体のつくりがちがうのだろう。そう考え、簡単に納得してた。

デートでする話かよ。と、今だけでなく、そのときも思った。だが美鈴もいやな顔はしなかった。おれ同様、酔ってたからかもしれない。美鈴はこんなことを言った。わたし、おならはしないわよ。したことなんて、一度もないわよ。おれは言った。それでいいんだよ。ずっとそう言いつづけろ。で、思いつきでそのままプロポーズをした。おれの前で、この先もずっとそう言いつづけてくれ。アホらしい。そして、懐かしい。

そんなふうに始まった結婚生活は、八年で終わった。

おれが勤めた電気機器メーカーは、営業ノルマがキツく、人づかいも荒かった。大卒入社後の三年で七割がやめた。おれはどうにか残ったが、三十四歳で限界がきた。人が花粉症になるのと同じ。コップにたまった水がついに溢れた感じだ。

係長の役がつくと、ノルマはさらに増した。管理者なのに営業もこなさなければならなかった。下にキツいことを言わざるを得なくもなった。真っ黒まではいかないブラック。悪循環をまさに体現した会社だった。歯車になるだけでもツラいのに、悪循環の歯車になるのだからなおツラかった。自分が弱いやつだとは思いたくなかったが、思うしかなかった。

異変は体に現れた。まずは突発性難聴になった。

二十代でも一度なってたから、どんな感じかは知ってた。発症の瞬間がはっきりわかる。グズグズッと何かが耳の内側に引きこまれ、音が聞こえにくくなるのだ。水泳をしたときに、よく水が耳に入って音が聞こえづらくなる。あれがずっと続くと思えばいい。おれの場合は左耳だった。二十代のころは毎日ヘッドホンやイヤホンの大音量で音楽を聴いてたから、たぶんそのせいだ。事実、耳鼻科の医者は言った。小さな音でも、ヘッドホンはよくないんですよ。この先ロックを聴けなくなったら困る。だからそれはやめた。ヘッドホンやイヤホンだけでなく、大音量で聴くこと自体をやめた。ツラかったが、どうにか慣れた。無理に慣らした。

にもかかわらず、三十代で同じことになった。また左耳だ。普通再発はしないとのことで、念のため、細かな検査もした。ヤバい結果は出なかった。ストレスかもしれませんね、と医者は言った。ストレスで突発性難聴になることもあるのだそうだ。

それから一年もしないうちに、今度は帯状疱疹《たいじょうほうしん》になった。左胸発わき経由背中行。まさにオビ状に赤いポツポツが出た。初めはボディソープの銘柄を替えたせいだと思った。そうじゃなかった。かゆかったポツポツが、じき痛くなった。そして火傷《やけど》のような痛みに変わった。Tシャツがそこに擦れるだけでジンジンした。耐えかねて入院する人もいるということの意味がよくわかった。ストレスですね、と皮膚科の医者は言った。かもしれませんね、ではない。断言に近かった。おれ自身、納得した。もう無理だ、と思った。弱いことは認めて、そろそろ自分を守らなきゃいけない、と。

人によっては一年引っぱったりもするらしいが、幸い、おれは一ヵ月強で治った。健康保険が適用されるにもかかわらず九千円もとられた塗り薬は余ってしまったが、ほかにつかいみちもないのでどうしようもなかった。とにかく、治ったことに安堵《あんど》した。

その間、会社は一度も休まなかった。そうやってがんばり過ぎたこともいけなかったのかもしれない。美鈴には痛みが伝わらなかった。ただのポツポツでしょ、と言われた。痛い痛い言うけど会社には行けるんじゃない、と。

完治してから、会社をやめることをそれとなく話してみた。バカ言わないでよ、やめてどうするのよ、と言われた。例えば主夫になるとか。冗談混じりにそう言うと、今度は冷ややかな目で見られた。美月は幼稚園の年長。アパレルメーカーで正社員として働く美鈴は美鈴で大変だった。上司が当時でさえ珍しかった、子持ち女性社員軽視野郎、いや、蔑視《べっし》野郎、だったのだ。

おれは八方塞《ふさ》がりになった。身動きがとれない。そう思った。

身動きがとれないと人間はどうするか。動くのをやめてしまうのか。そうじゃない。もがいてしまう。おかしなもがき方をしてしまう。おれもした。自分から誘い、万由と飲みに行った。そこは正直に言う。おれが誘った。そのときは何もなかったが、誘ったのはおれだ。今のこのガラケーで電話をかけた。機種変更しての一発め。最初に電話をかけたのが万由だった。妻の美鈴でなく。

万由とは大学でゼミが同じだった。歳は万由が一つ下。美鈴と同じだ。テニスサークルの女子。対しておれは、無所属のバイト男子。合うわけないよな、と思ったが、意外にも気は合った。万由はロック好きではないものの、洋楽好きではあったのだ。

大学卒業後もゼミの仲間同士で何度かは飲んでた。万由が結婚してないことは知ってた。しないのかよ、と気軽に言える間柄でもあった。断られたらそれでいい、くらいの感じで誘った。行こう、と万由は言ってくれた。仕事のグチをたくさん聞いてもらわなきゃ、と。

久しぶりに楽しかった。飲んでるそのあいだはストレスを避けられた感じがした。ただ飲んで話しただけ。おかしなことにはならなかった。また行こうぜ、とおれが言い、うん、グチを用意しとく、と万由が言って、別れた。

その久しぶりに楽しかった感じが、表情だの何だのに出てしまったのかもしれない。今思えば、本当にそんなことだったのかもしれない。美鈴にあやしまれた。後日、おれがフロに入ってるあいだに美鈴はおれのケータイを見た。機種変更したばかりのガラケーをだ。

電話の履歴やメールを消したりはしてなかった。ダイヤルロックをかけたりもしてなかった。自分にいいように言えば、罪の意識はなかったからだと思う。

美鈴に問い詰められ、ついうそをついた。飲みになんて行ってないよ、と言ってしまった。飲みに行っただけだと正直に言えばよかったのだ。気分転換をしたかった、何もなかった、でも悪かった、と。なのに、飲みにすら行ってないとうそをついてしまった。すでに関係はおかしくなってたから、飲みには行ったが何もなかったということを信じてもらえる自信がなかったのだ。

美鈴は、何と、その場で万由に電話をかけた。おれのガラケーで、おれの目の前でだ。おれの番号からかかってきたのだから、万由は電話に出た。言った。飲みには行きました。でもそれだけですよ。わたし、既婚者とどうこうなる気はありません。

美鈴は信じなかった。いや、わからない。それだけという部分は信じてくれたかもしれない。だが、飲みにすら行ってないとおれがうそをついたことを重視した。バカにされた感じがする。はっきりとそう言った。

結局、おれは独断で会社をやめた。その退職と万由の件がもとで離婚もした。もう、そうするしかなかった。美鈴とはもとに戻りたかった。だが片道一時間半をかけて悪循環の歯車になりにいく生活には戻りたくなかった。

まとまった額の慰謝料のみ。養育費はなし。その代わり美月とは会わない。美鈴がそれを望み、最後にはその形になった。

美月と会えなくなるなんて無理だろ、と思った。そんなの、食事を禁じられるようなもんだ。呼吸も禁じられるようなもんだ。が、そのときは、定期的な支払いがないことをちょっと魅力に感じた。感じてしまった。何せ、退職したばかり。先はまったく見えなかった。そのうえひどく弱ってもいたのだ。

離婚後、まずは職を探した。さすがに営業はいやだったし、いかにも会社という会社もいやだった。だが自身三十四歳。不採用、が続いた。面接さえしてくれないところもあった。

そして教官に行き着いた。教習所の前をたまたま通りかかったときに思いついたのだ。教官は？　と。

皮肉にも、その思いつきには美鈴も関与してた。結婚する前、ドライブデート中に車の運転をほめられたことがあるのだ。豊士くんはうまいね。これまで一緒に乗った人のなかで一番うまい。安心して乗ってられる。わたし、ドライバーによっては車に酔うことがあるんだけど、豊士くんならだいじょうぶ。日光《にっこう》のいろは坂でもだいじょうぶだと思う。うれしかった。じゃあ、この先もずっとおれの助手席に乗るっていうのは？　と際どい冗談を言いそうになった。

おれの運転が本当にうまかったとすれば、それはおれがアクセルで攻める豪胆なドライバーだったからではない。逆。ブレーキで守る臆病《おくびょう》なドライバーだったからだ。前の会社にいたときも、営業車の運転には気をつけた。事故がすべてをふいにすることも知ってた。実際にそんな目に遭った先輩社員がいたのだ。

その人は、営業先で出されたビールを一本飲んだ。そして帰り道、ほかの車との接触事故を起こした。直後の検査でアルコール反応が出たため、会社をクビになった。すすめられて断りきれなかった。そんな言い訳は通用しなかった。会社を去ったあとのことは知らない。知ってるのは、子どもが私立の中学校に入ったばかりだったということだけだ。

教官は？　の思いつきに、悪くない、との結論を出すと、さっそくそれについて調べてみた。教習所に入社して研修を受け、教習指導員資格をとるのだということがわかった。それならいいな、と思った。すぐに、中途採用をしてる教習所を探した。場所やら何やらで選んだのが四葉自教だ。

中途でまったくの異業種からっていうのは珍しいんですけどね、と面接の際に言われた。がんばります、とバイトに応募した学生みたいなことしか言えなかった。だがどうにか採用してくれた。その面接を担当したのが、当時はまだ所長じゃなかった近藤所長だ。

歳をとってから免許をとりに来る人と同じで、中途の人はがんばってくれると思ったからね。と、近藤所長はあとでおれに採用の理由を明かした。そしてこうも言った。履歴書に書かれた、趣味＝ロック鑑賞、には笑ったよ。音楽鑑賞じゃなくロック鑑賞なのかって。

仏の近藤、のおかげで、おれの教官生活もどうにか十一年めを迎えた。営業ではないが、人と接する機会は多い。多いも何も、一日八時限接しっぱなし。ストレスがないことはない。だが今のところ耳は聴こえるし、ポツポツも出ない。

よかったなぁ、と思う。が、のんきにそんなことを思ってたら、こんなことになった。

美月、妊娠。高校生だって妊娠する。手順を踏めば、する。にしても、何で美月が。

　おれもショックだが、美鈴もショックだったろう。とはいえ、よく電話してきてくれた。もしかしたら、こうなったのはふがいない父親だったお前のせいでもあるのだぞ、ということなのか。

　コーヒーを飲む。場つなぎのつもりだが、その場つなぎがメインになりつつある。

　気乗りのしない話は遅々として進まない。母親にすら答えない美月は何も言わない。今さらしゃしゃり出てきて何なんだよ。おれに言ったのはそれだけ。以降は無視を決めこんでる。会えないのもキツいが、会ってるのに無視、もキツい。それでも、深谷親子に会うときのためにも、美月にはおれに慣れてもらわなきゃいけない。おれも、おれを拒絶する美月に慣れなきゃいけない。

「ご飯でも食べる？」と美鈴が言い、

「そうだな」とおれが言う。

「いらない」と美月。

「じゃあ、まだいいか」とおれ。

　ファミレスでメシも食わずに黙ってるのはツラいな、と思う。コーヒーを飲み干して、お代わりをもらいに行くか。

　そこで美鈴がいきなり核心に触れる。

「美月はどうしたいの？」

ご飯を食べないなら何をしたいの？　という意味じゃない。そのくらいのことはおれにもわかる。

美月はオレンジジュースを飲む。そしてまた外を見る。

「ねぇ、美月」と美鈴が呼びかける。

やはり答えない。と思ったら。

美月は言う。目は外に向けたままだが、おれにも聞こえる声で、はっきりと。

「わたしは堕《お》ろしたくない。子ども、殺したくない」

さすがにドキッとした。殺したくない。美月自身がまだ子どもだからこその、強い言葉。むき出しの言葉だ。

美鈴が即座に反応する。

「堕ろしたからって子どもを殺したことにはならないの。そうは考えなくていい」

美月が美鈴を見る。おれも美鈴を見る。ついでに美月も見る。二人を同時に見る。

「何で？」と美月が尋ねる。「だって、もういるじゃない」

「いるけど」

いるけど、まだヒトになりきってはいない、というようなことを言いたいのだろうが、美鈴は言わない。その言葉もやはり強すぎるからだ。

無知な男として、おれも考える。確かに、もう子どもはいる。医者がいると言ったんだから、いる。のに、まだ人じゃないのか？　人じゃないなら何なのか。堕ろすと殺すはちがう。当然だ。いや、わからない。当然か？

「子どもを産むのは大変なことなの」と美鈴が美月に言う。「産むときも大変。産んでからはもっと大変。もうね、ずっと見つづけなきゃいけないの。気が向いたときだけってわけにはいかない。ご飯を食べさせなきゃいけないし、おフロにも入れなきゃいけない。具合が悪くなったら、病院にも連れていかなきゃいけない。自分の時間なんてない。すべてが子どものための時間。見たいテレビも見られない。お友だちとも遊べない」

「なあ、美月」とおれは言う。

初めて名前を呼ばれて驚いたのか、美月がおれを見る。返事はしない。が、見てくれる。

「堕ろしたくないのか、産みたいのか。どっちだ？」

「ちょっと」と美鈴に言われる。

選択を迫るな、追いつめるな、ということだろう。だがそこは何よりも重要だ。堕ろしたくないから産むのか、産みたいから産むのか。

答えないかと思ったが、美月は答える。おれにじゃなく美鈴に、という形で。

「産みたい」

言わされた言葉じゃない。美月が自分の意志で口にした言葉。おれにしてみれば、聞きたかったのと同じぐらい、聞きたくなかった言葉。

「ほんとに？」と美鈴が尋ね、

美月がうなずく。

「急いで決めなくていい。産まなきゃいけないなんて思わなくていい。それでも、産みたい？」

「産みたい」

男子よりも女子のほうが成長は早いという。自分がガキのころからそれは感じてた。にしてもだ。十七歳で、産みたい。成長、早すぎる。

「気持ちは、変わらない？」

美月が再びうなずく。さっきよりも強く。

「わかった」美鈴は自分に言い聞かせるように言う。「じゃあ、そのつもりで深谷さんと会いましょう」そしておれに。「来てくれるわよね？」

「ああ」と返事をする。「いいんだよな？　行っても」

「うん。やっぱり男の人がいたほうがいいと思う」

電話では父親と言ったが、ここでは男の人になる。

「いいよね？　美月」

美月は何も言わない。うなずきもしない。

しゃしゃり出てくんな、とも言わないから、いいんだよな。勝手にそう判断する。

深谷陸をいやなやつに分類するのはよそう。少なくとも、会う前からそうするのはよそう。美月が気を許した相手なのだ。いやなやつであるはずがない。いいやつかもしれない。趣味はロック鑑賞かもしれない。

無理にでもそう思いこんで、深谷家の三人と会った。

場所は深谷家でも岡家でもない。ファミレスだ。美鈴と美月と会ったのと同じ店。美鈴がそこを候補に挙げ、深谷家が同意した。店は同じだが、さすがにテーブルはちがった。今回は三対三。計六人。四人掛けでは収まらない。

店内の隅にある広いテーブル席に案内された。詰めれば八人は座れそうな、コの字形の席だ。深谷家と、岡家プラスおれ。向かい合って座った。窓側に深谷陸、真ん中が母親で、通路側が父親。それぞれの向かいに、美月、美鈴、おれ。無難な配置だ。無駄に緊張感を高めない。親同士、話もしやすい。

深谷陸は、見た感じ、ごく普通の高校生。こんにちは、とそれこそごく普通に美鈴とおれにあいさつした。顔立ちは整ってる。チャラチャラした感じはないので、ほっとした。

普通とはいっても、今の子たちは、基本、こじゃれてる。服装にしても髪型にしてもそう。何というか、あか抜けてる。おれが高校生だったころは、致命的にダサい者が相当数いた。齢《よわい》十六、七にして係長に見えてしまう者。それをまるで気にしない者。今はもうそこまでの子はいない。全体的に底上げされた感じだ。

「初めまして。深谷です」と陸の父親が言う。「モトユキとシュウコです」

基行と修子、だそうだ。基行はスーツを着てる。夏だというのにネクタイも締めてる。修子もパンツスーツ。授業参観に来た夫婦みたいだ。

美鈴も同じくパンツスーツ。おれだけがカジュアル。半袖《はんそで》のシャツ一枚。襟《えり》があるものを着てきてよかった。Ｔシャツとどちらにするか、アパートを出る直前まで迷ったのだ。

「美月の母の岡美鈴です。それと、父親の益子豊士です。わたしたち、今は別れています」

「あぁ。そうですか」と基行。

「どうも」とおれ。

基行は四十六歳の会社員で、修子は四十三歳のパート主婦。おれが四十五歳で美鈴は四十四歳だから、親同士は一歳ずつずれた四人ということになる。そして陸は美月と同じ十七歳、高二。そこも美月と同じで、部活はやってない。

ひととおり自己紹介がすむと、皆、思いだしたようにそれぞれの飲みものを飲む。

陸と美月は何もしゃべらない。大人たちともしゃべらないし、当人同士でもしゃべらない。互いに目を合わせることもほとんどない。ＬＩＮＥなんかでは話してるのか。でなきゃ、今はもう話さないのか。

おれも、自分からはしゃべらない。ここはあくまでも深谷夫婦と美鈴の話し合いの場。

立場はわきまえたつもりでいる。意見を言う権利はあっても、決定権はないものと思ってる。

「では」と基行が切りだす。

陸がチラッとこちらを見る。次いで、横に並ぶ自分の両親のことも見る。

針の筵《むしろ》だな、と思う。程度の差こそあれ、ここにいる誰もが同じ。立場からすればおれの筵の針先が一番鈍いはずだが、それでもこんなに鋭い。

「ウチとしては、産むつもりです」と美鈴が言う。

提言などではない。宣言。真っ先に要点を述べる。いい。さすが美鈴。離婚はしたが、惚れ惚れする。深谷夫婦が息を呑《の》んだのがわかる。たぶん、二人が最もおそれてた言葉がそれだろう。

陸がまじまじと美鈴を見る。次いで両親を見る。息を呑んではいない。どうなるのかな、という感じ。ことの重大さを正しく認識してはいないのだろう。まだ高校生。頭ではわかっても、心がついていかないのだ。

「いや、あの」と基行がやんわり言う。「そう結論を急がなくても」

「急いではいません」と美鈴が返す。「考えて決めたことです。美月もわたしも、よく考えました」

「ですが」

「わたしたちは」と修子が受ける。「一緒に考えるべきじゃないですか？」

正論だ。おれたちは一緒に考えるべきだろう。ただ、互いに意思を示しておくべきなのも確かだ。深谷家の意思は、今のその反応でやわらかく示された。産ませたくない、だ。

おれは美月を見る。美月はまた外を見てるかと思ったが、ちがった。ちゃんと前を見てる。基行でも修子でもなく、陸を見てる。正面にいる自分を見さえしない陸を。

「お気持ちはわかりますが」と基行がやはりやんわり言う。「今産んでも、将来的にいいことはないと思うんですよ」

というその言葉で、深谷家の意思は明示された。産ませたくない。すなわち、堕ろしてほしい。

だがそちらは意思で、こちらは意志だ。そのちがいは大きい。

「まだ高校二年生。学校のこともありますよね。通いながら産むというのは、ちょっと難しいかと。そのあたりは、どうなさるおつもりですか？」

「それはこれから考えます」と美鈴が応じる。「産むことを前提に、そういうことを考えていきます」

「高校は卒業するべきですよ」と基行がたたみかける。「それが美月さんのためでもあると思います」

聞きたくなかった言葉が出た。堕ろす、の次に聞きたくなかった言葉。美月のため。

本当にそんなことを言っちゃうんだな、と思う。まあ、理解できなくはない。深谷夫婦も、陸を守ろうと必死なのだ。逆の立場なら、おれも言っちゃうかもしれない。だが、理解できるからといって、受け入れる気にはならない。おれはおれで、こう訊きたくなる。子どもを堕ろすことが美月のためなのか？

「陸の親として、こんなことになって申し訳ないと思ってます。でも、なってしまった以上は、お互いにとってベストな道を進むべきだとも思ってます」

今のは謝罪だろうか、と考えてみる。こんなことになって申し訳ない。謝罪っぽい響きになってはいるが、謝罪ではない。申し訳ないと思ってる、と自身の心のうちを表現したに過ぎない。こちらに詫《わ》びてはいない。

「あれこれかかる費用はすべてこちらがお出しします。こう言っては何ですが、そのほかにいくらかお支払いもします」

あれこれかかる費用＝中絶手術にかかる費用。そのほかにいくらか＝慰謝料。陸と美月の手前、生々しい言葉は出せない。が、話としては充分生々しい。

そして激しい言葉が隣から出る。修子からだ。

「これは陸だけの責任ですか？　陸が無理やりことに及んだんですか？」

驚いた。すごいことを言う。だが本音は本音だろう。母親として、かなり参ってもいるのだろう。

「いや、すいません」と基行がとりなす。「今のは、忘れてください」

だが火がついてしまったのか、修子は怯《ひる》まない。

「美月さんが誘ったとは言いませんよ。そうではないんだと思います。でも陸が一方的になんてことはないですよ。もう高校生。いやなら拒むこともできたはずですよ。拒まれたのにどうこうするとか、陸はそんな子じゃないですよ」

「あのさ」と反射的におれが言う。「陸くんだけの責任だなんて言ってないでしょ。どっちが悪いとか、今そんな話をしてるわけでもないでしょ」

言ったうえで、思う。残念ながら、男として思う。どっちが悪いとかそんな話をするなら、悪いのはそっちだけどな。結局、悪いのは男だけどな。

修子が黙る。代わりに基行が言う。

「そうですね。どちらが悪いとか、そんな話はいい」

いや、よくはねえんだよ、と言いそうになる。うまいこと乗っかってんじゃねえよ。そんな言葉が口から出そうになる。どうにかこらえてコーヒーを飲む。言葉をどうにか内へと押し戻す。

「ただ」と基行は続ける。「わたしどもとしましては、できればそうじゃない方向で、はっきり言いますと産まない方向で、考えていただけないかと思ってます。陸と美月さん、どちらの将来のためにも」

「将来」とおれがその言葉を復唱する。

「自分が好ましくないことを言ってるのは認めます。ですが、やはり現実を見るべきかと。今子どもを持つのは、若い二人にとって負担が大きすぎます」

負担。美月が産みたいと望む子どもが、負担。でもって、若い二人。ズルい言い方だ。若い二人と言っていいのは、美月と陸の双方が産むのを望んでる場合だけだろう。

「深谷さんのお気持ちはわかりました」と美鈴が言う。「子を持つ親として、わたしも、理解できなくはないです」

「でしたら、どうか」

おれはまたしても美月を見る。美月は窓の外、国道を見てる。もう大人たちを見たくないのだろう。何も言わない陸に幻滅してもいるのだろう。

その陸は、自分の両親を見てる。負けるな、がんばれ、と応援してるように見える。美月のしたいようにさせる。おれがそう言っちゃおうかと思う。

だがその必要はない。美鈴が先んじる。

「美月に産む意志がある以上、産みます。産ませます」

「いや、それは」と基行。

「深谷さんに何かをお願いする気はありません。美月が学校をやめることになったとしても、それを陸くんのせいにはしませんし、あとで都合よく援助を請うようなこともしません。もちろん、認知を迫ったりもしません。それはお約束します。ご不安でしたら、その旨を記した書類を作成してもかまいません。でも、美月は産みます」

まず、ぽかんとした。次いで、震えがきた。すげえよ、美鈴。

「考え直していただくわけにはいきませんか？」

「先ほども言いましたが、もう充分考えました。これ以上は考えません。あとは美月が無事に産んでくれることだけを考えます」

「まあとにかく急がなくても」と基行が早口で言う。「時間があまりないことは確かですが、まだなくなったわけじゃない。今日はこのぐらいにしておきましょう。お互いの気持ちはわかったということで」

「変わりませんよ、気持ちは」

「だとしても、今日はこのぐらいで」

「そうおっしゃるなら」

結局、話し合いはそれで終わった。約四十分。六人でドリンクバーを六つ頼んだだけ。食事はなし。スイーツもなし。

代金は基行が支払った。ウチの分はウチが払います、と美鈴は強く言ったのだが、いや、ここはわたしが、と基行はそれ以上に強く言った。美鈴も折れなかったが、おれが折れさせた。産ませてもらうんだからそこは甘えよう、と言って。一瞬だが、基行はひどくいやな顔をした。それでも、だったら払いませんよ、とは言わず、おとなしく会計をすませた。

店を出たところであいさつをして、別れた。深谷家の車はグレーのセダン、トヨタカムリだ。変に見送られたりしたらいやだなと思ったが、そんなことはなかった。むしろ一刻も早くこの場を離れたいといった感じで、カムリは走り去った。

美鈴と美月は、今回もラパンで来てた。おれはもちろんアルトだ。二台は離れた場所に駐められてたので、おれはそのベージュのラパンのところまで二人を送った。

「案外短かったな」とおれが言う。「もっと長期戦になるかと思った」

「こんなものでしょ」と美鈴。「長く話しても同じ。お互いすり減るだけ」

「何か、おれはいらなかったな」

「そんなことない。いてくれたから、ああ言えたのよ。わたしと美月だけじゃキツかったと思う。深谷さんも、もっと強く出たかもしれないし」

「なら、まあ、いいか」

「あれでよかったよね？　美月」

美月はうなずいて、駐車場から直に国道を見る。美月は本当に国道が好きだ。

「じゃあ、気をつけて帰ってな」と美鈴に言う。

「気をつけるも何も、五分とかからないわよ」

「五分でも事故は起きるよ」

「さすが教官」と美鈴が笑う。

教官。その言葉を初めて美鈴の口から聞いたような気がする。長い時間が経ったのだと感じる。

「そっちも気をつけて帰ってね。教官が事故を起こさないように」

「ああ。気をつけるよ」

「電話する。また何かあるかもしれないから」

「うん」

「ほんと、ありがと」

「いや、いいよ」おれは思いきって、だが見かけはさらりと言う。「じゃあな、美月」

美月はおれに横顔を見せてうなずく。

「体、大事にな」

「んー」と今度は返事がくる。

はっきりした、うん、ではない。んー。だが声は声、返事は返事だ。

「先に出ろよ」と美鈴に言う。

「そうする。じゃあ、また」

美月が助手席に、美鈴が運転席に乗る。ドアが立てつづけに閉まる。エンジンがかけられ、ラパンは動きだす。

正面にいたおれは、どちらか迷った末、美鈴のほう、運転席側へとよける。美月のほうへ行きたいのに、つい弱気になる。

ラパンが一旦《いったん》停まり、運転席の美鈴が右手を挙げる。おれも右手を挙げる。助手席の美月がチラッとこちらを見る。手は挙げない。だが見てはくれた。満足する。いちいちそんなことを気にするなんて中学生かよ、と思う。

ラパンが駐車場を出ていく。左に曲がり、国道に入る。直進し、すぐに見えなくなる。

「ほんとに事故るなよ」とつぶやく。

もし事故ったら、二人じゃなく、三人が傷つくのだ。そう。三人。いや、おれの気持ちも傷つくことを考えれば、四人か。

ラパンに続いた赤のトヨタ86のドライバーに向けて、おれは心のなかで言う。

お前、スマホを見ながら運転したりすんなよ。それでラパンに追突したら、ぶっ飛ばすかんな。

それから何日かはブルーな状態が続いた。自分でも何だかよくわからない、漠然としたブルーだ。若い女の教習生は誰もが美月に見え、若い男の教習生は誰もが深谷陸に見えた。前者には甘く、後者には厳しくなりそうなのをどうにか抑え、おれは教習をこなした。

そう若くもない女の教習生、例えば林田佳世なんかにあたるとほっとした。

「一時停止で五秒は長すぎるよ。みんながそうしてたら渋滞になる」

「このぐらいじゃないと停まった気がしないんですよ」

「あとね、いくら何でも停止位置が前すぎる。これじゃ後続車が混乱するよ」

「止まれの白線が自分に見えないと不安なんですよ」

と、そんな会話ができることがありがたかった。

休日前夜には、待ってましたとばかりに『ソーアン』に行った。だが行ったら行ったで、そこでもブルーな状態は続いた。ギネスを三杯立てつづけに飲んでも気は晴れなかった。この日はチビチビでなくガブガブ飲みたかったので、四杯めもブラックブッシュでなくギネスにした。

その一口めを飲んだところで、トム・ウェイツの『ハング・ダウン・ユア・ヘッド(Hang down your head)』が流れてきた。

トム・ウェイツにしては珍しい、シンプルでストレートな曲。何らフックもなく、すんなり耳に入ってくる。たぶん、演奏自体は簡単。だがトム・ウェイツがうたわなければ、この感じにはならない。

マスターは、アルバムをそのままかけるのでなく、自分で編集したものもかける。だからこうして、思いがけずなじみ深い曲と出くわすこともある。実際に出くわすと、ちょっと揺さぶられる。

今も、揺さぶられた。『ハング・ダウン・ユア・ヘッド』を聴きながら、おれはいつものカウンター席で、まさに曲のタイトルどおり、頭を垂れた。

うつむいて目を閉じると、まぶたの裏に美月の顔が浮かぶ。今の美月の顔と六歳のときの美月の顔が、交互に。今さらしゃしゃり出てきて何なんだよ、という今の声と、パパ、チュウ！ という昔の声も聞こえてくる。トム・ウェイツのしゃがれ声に交じって。

「そんなふうに飲んでたら、悪酔いしちゃいますよ」

そう言われ、顔を上げる。

カウンターを挟んだその先に冬香ちゃんがいる。笑ってる。

「益子さんは、ほんと、落ちこみがわかりやすい」

冬香ちゃんは三十八歳。教習生で言えば、林田佳世世代。だが若い。じき二十歳の息子がいるようには見えない。

そう。冬香ちゃんにはじき二十歳の息子がいる。十八歳で幹矢くんを産んでるのだ。その意味では、美月に近い。

「ねぇ、冬香ちゃん」

「はい？」

「娘が妊娠しちゃったよ」

「え？」

おれはギネスを三口ほど飲み、一気に話す。

元妻から久しぶりに電話がきたこと。娘が妊娠したと告げられたこと。相手は同じ高校の男子であること。その両親と会うときに一緒に来てほしいと言われたこと。まずは元妻と娘と会ったこと。そのうえで、相手方三人とも会ったこと。娘は産むと言ってること。相手方は産んでほしくないと思ってること。

冬香ちゃんの第一声は、ちょっと意外なものだ。妊娠がどうこうではない。

「娘さんと会えたんですね。よかったじゃないですか」

「よかった、のかな」

「まちがいなく、よかったですよ。わたしなら、そこで元ダンナには声をかけないですもん」

「そう？」

「はい。もしわたしが元奥さんと同じ状況なら、つまりわたしに娘がいてその娘が高二で妊娠したら、元ダンナに相談はしません。何せ、よそに子どもをつくっちゃうような男だから」

「あぁ」

「益子さんは信用されてるんですよ」

「されてるかなぁ」

「されてます。わたしなら知らせさえしないかも」

「でも娘にはキツいことを言われたよ」

「そりゃそうですよ。パパ久しぶり。十一年ぶりだね。どう？　元気？　なんて言うわけない。しかもことがことだし。女子としてはツラいですよ。お母さんに打ち明けるのだって、勇気が要ったんじゃないかな」

まあ、それはそうだろう。お菓子を食べながら、ねぇ、お母さん、わたしできちゃったかも、とはいかなかったはずだ。

「産むんですよね？」

「たぶん」

「おめでとうございます」

「どうも」

「もっと喜びましょうよ。初孫ですよ」

「おれはもう別れちゃってるけどね」

「関係ないですよ、そんなの。別れたっていうのは役所の書類上のこと。血はつながってます」

「まあね」

　ギネスを一口飲む。四杯めの黒ビール。苦い。が、まだうまい。

「美月ちゃんは高校生。だから心配するのはわかります。でも落ちこむ必要はない。簡単なことですよ」

「簡単？」

「はい。あくまでもわたし個人の見解として聞いてください。子どもを産めない人のことも考えろとか、そういう文句はなしにしてください」

「うん。なしにする」

「算数、というか数学と同じですよ。妊娠しちゃった。どうしよう。その問に答は一つしかないんです」

「何？」

「産む」

もとから見てた冬香ちゃんの顔を、さらに見る。凝視する。

冬香ちゃんは相変わらず笑ってる。笑顔でおれを見てる。

「といっても、わたし、数学は苦手です。お会計の計算とか、よくまちがえるし。だからこれは、頭の悪いわたしが持ってる答です。でも合ってる自信はあります。わたしには、正解はそれしかありません。産める状況なら、産めばいいんですよ。美月ちゃん、自分で言ったんですよね？　産むと」

「うん」

「だったら、だいじょうぶ。まだはっきりした自信はないだろうけど、自分で気づかないだけ。根っこの部分で自信はあるんですよ」

「そうなのかな」

「益子さん自身はどうですか？　お孫さんの顔、見たくないですか？」

「それは、見たいね」

「すごく見たくないですか？」

「すごく見たいよ」

いずれは見られるかもしれない。ここ数年、漠然とそんなことを思ってはいた。

そして実際にこうなると。見たい。いずれではない。すでに美月のお腹にいるその子を見たい。その子がいなくなればいいとは思わない。とてもじゃないが、思えない。

「ごめん。話、聞いちゃったわ」と横からマスターが言う。「益子ちゃん、ズルいよ」

「はい？」

「僕ら三人のなかで一番先に孫を持つことになるわけじゃない。やられたって感じだよ。子どもの年齢からしたら、一番あとになるはずなのに」

「確かに」と冬香ちゃん。「マスター、わたし、益子さん、の順になるはずですよね」

「そうそう。ウチなんか困っちゃうよ。叙安はじき三十なのに、ドラム叩いてんだから。ちょっとは考えてほしいよ。脱退はしないまでも、バンドは一時休むとかさ。まあ、何にしても、めでたいことだから、次の一杯は店のおごりにするよ。一杯だけってとこがセコいけど。何せ、儲《もう》からない店なもんでね。次はどうする？　益子ちゃん」

「えーと、ブラックブッシュをロックで頂こうかな」

「お、じゃあ、『ウィスキー・イン・ザ・ジャー』もかけちゃう？」

「頼みます」

ブルーな状態が、ちょっと和らぐ。濃いブルーが淡いブルーくらいにはなる。

バー『ソーアン』。この店があってよかった。この店に近い四葉自教に再就職してよかった。美鈴と離婚したせいでこうなった。だから離婚してよかった、とは言えないが。

ブラックブッシュのロックが手もとに届く。まだ見ぬ孫に乾杯。

# 九月　フライング・ハイ・アゲイン

「免許をとって車に乗るようになったらさ」とおれは運転席の川口成巳に言う。「こんな大通り沿いの店に入ることも多いと思うんだ。ファミレスとか、パチンコ屋とか。種類はいろいろあるけども」

「パチンコ屋は行かないです。やらないんで。益子さんはやります？」

「今はやんない」

「昔はやってました？」

「ちょっとだけ。で、まあ、とにかく、そんな店の駐車場から車道に出るとき。これはあぶないんだ。交通量の多い場所だと、みんな、どうにか隙を狙って車道に出ようとするから、歩行者への注意が疎《おろそ》かになる。特に自分の左から来る歩行者ね。車が来る右ばかり見て、ちょっとでも流れが切れたらゴー！　となるから、そっちの歩行者に気づかない。歩行者は歩行者で、自分が歩いてるのに飛び出してくるとは思わないから、車の前に出る。下手をすれば、その車を見さえしない」

「あぁ。ぼくもたぶん見ないですね。よくそれで歩道をふさいでる車があるじゃないですか。ほんと、ウザいですよ」

「そんなときは車の後ろをまわればいいんだけど、前をまわることもあるよね？」

「ありますね。というか、普通、前ですよ。後ろだと大まわりになるから」

「で、車の流れが切れて、ゴー！　になって、ドン！　ぶつかる。そんなとき、車は急発進したりもするから」

「歩行者は、悪くないですよね？」

「悪くない。でもはねられたくはないよな」

「ないですね」

「歩行者に、注意する義務はないんだよ。歩道を歩いてるんだし、歩行者優先だから」

「でも実際は車優先みたいなもんですよね？」

「そうなってるね」

「だったら、いっそのこと、法律もそうしちゃえばいいんじゃないですかね。そのほうがすっきりしますよ」

「法律でそんなことを決める国があるなら、その国は終わりだよ。弱者を守らないってことだから」

　技能教習の第二段階。すでに修了検定を終え、いわゆる仮免を取得した状態。路上に出てる。教習所の外の道を走ってる。

　意外にも、成巳はおれを避けなかった。第一段階、所内での教習の際に、おれらは好きで教習を打ち切ったりはしないなどとエラソーなことを言ってしまったから、その後の指名予約はないだろうと思ってた。が、成巳は予約を入れてくれた。二、三時限は間を置いたが、そのあとに復活した。おれを指名するからといって、良太を完全に避けたわけでもない。

この時限が始まった直後に成巳は言った。

「こっちの体調がよさそうなときは津村さんにも予約を入れますよ。何ていうか、こう、気持ちを上げるために。あの人が相手だと、いい意味で気合が入るんですよ。負けるかって気になるというか。スマホは電源オフにしますけどね。バイブじゃなくて」

「体調がよくないときはダメ？」と訊いてみた。

「はい。そういうときはあっさり負けちゃうんで。だから朝イチとかはダメですね。夕方とか大学の授業がない土日とかに入れますよ」

「津村、何か言ってた？　教習打ち切りのこと」

「いえ、何も。あの人はそういうのを気にしないんじゃないですかね。あ、でも言ってたか。お前が逃げたかと思ったって。逃げませんよって言い返しました。まあ、体調が悪ければ逃げるんですけど」

案外仲がいいんだな、と思った。そのあたりは良太ならではだろう。いや、良太と成巳ならでは、か。

今、こうして見る限り、成巳の運転はまったく問題ない。さすが十代。吸収が早い。

車好きなのもデカい。好きこそものの上手なれ。それは車の運転にもあてはまる。

「教習内容で、何か訊きたいことある？」

「いえ」

「今回のじゃなくてもいいよ」

「ないです。早く免許を。それだけです」

　このあたりが中学や高校とはちがうところだ。誰もが早く卒業したがる。卒業を残念に思う者はいない。免許をとること以外に通う目的はないから。

　教習所には一期一会が多い。本当に一度しか教習を持たない教習生もいる。こちらが知らぬ間に卒業してた、なんて教習生もいる。むしろそれが普通。だからこそ、訊いてみる気になった。何をって、これを。

「川口くんさ、今年の三月までは高校生だったじゃん」

「はい」

「途中で学校をやめちゃう子とか、いた？」

「ぼくの代は、いなかったですね」

「それが普通なのかな」

「うーん。転校とかを別にすれば、一人もやめない年のほうが多いんですかね。偏差値が極端に低い学校なんかは、二割三割がやめたりもするらしいけど」

　平静を装い、さらりと言う。

「じゃあ、例えば妊娠した子とかもいなかった？」

「いなかったですね。もしかしたら気づかなかっただけかもしれないけど。いや、ちがうな。いたら気づくか」

「同じ学校じゃなくても、いなかった？」

「ぼくの周りには。友だちの友だちにはいたみたいですけど」

「その子は、学校をやめたのかな」

「どうなんでしょう。やめたんですかね。そうなったら、やめますよね。いられないですもん、学校に」

「いられないかな？」

「いられないんじゃないですか？　ほかの生徒の親もガンガン言ってきそうだし。そんな子と同じクラスにしないでくれとか」

　そんな子。何でもない言葉なのに、グサリとくる。

「ぼくの母親なら言わないですけどね。運転中にスマホは見ても、そういうことは言わないです」

「見ちゃうのかよ、スマホ」

「あ、いや、だからあれですよ、赤信号で停まってるときにですよ。でもだいじょうぶ。やめろって教習所の教官が言ってたと言っときました」

「川口くんなら、どう？」

「何がですか？」

「そういう子が同じクラスにいたら、いやだ？」

「いやではないですね。でも、ちょっと近寄りがたい感じにはなっちゃうかな。仲がいい相手かどうかにもよるんだろうけど。益子さん、どうしたんですか？　急に」

　知り合いにそんな子がいてさ、というのはうそ臭くなるような気がした。だからこう言ってごまかす。

「いや、ほら、おれが高校生だったころは、周りの友だちが手術代をカンパするとか、そういうのがまだあったんだよね。今はどうなのかと思って」

「ヤンキーたちのなかでなら、まだあるかもしれないですけど」

「川口くんなら、カンパする？」

「しないですね。それって、結局、隠れて堕ろしちゃうってことじゃないですか。そんなのに加担したくないですよ」

　教習を続け、時間がくる。

　最後にハンコを押してやると、成巳は言った。

「ありがとうございます。このまますんなりいきたいですよ。免許とったら、バイトして、中古で何か買います」

「ヴェゼルじゃないの？」

「中古でもさすがに無理ですよ。まずは軽の中古にします。二十万ぐらいの」

「まあ、そうか。でもさ、バカみたいに安い中古はやめといたほうがいいよ。すぐに故障、修理に十万、なんてことになりかねないから」

「うわ、それはいやですね。気をつけます」

「何なら津村にも訊いてみな。あいつはおれよりそういうことに詳しいから」

「訊いてみます。体調のいいときに。じゃ、どうもです」

そして翌日。今度は女子にも訊いてみた。

成巳と同い歳の教習生、野地《のじ》萌花《もえか》。たまに指名予約を入れてくれる子だ。理由は、益子先生が高校のときの音楽の先生に似てるから。

その先生は、おれのようなロック好きではなく、クラシック好きだという。なかでも好きなのはドビュッシー。実を言うと、おれもドビュッシーは好きだ。特にピアノ曲。例えば『塔（Pagodes）』や『バラード（Ballade）』なんかには、ロックに通ずるものを感じる。

相手は女子。初めから訊くつもりでいたわけじゃない。いきなり妊娠がどうのなんて言ったら、まちがいなくセクハラになってしまう。音楽教師似のヘンタイ教官になってしまう。その妊娠は、おれの口からじゃなく、萌花の口から出たのだ。

「ねぇ、益子先生。教習所って、妊娠中に通えるんですか？」

四葉自教の場合は、かかりつけの医師の承諾があればだいじょうぶ。そう説明した。

ただ、妊婦さんでも期限が九ヵ月であることは変わらないから、そこは自分で気をつけてもらわなきゃいけない。あくまでも自己責任ということだ。

「高校のときの友だちがこないだ結婚したんですよ。で、すぐに子どもがほしいんだけど、免許がまだなんですよね。だからどうしようか迷ってるらしくて。産んでから通うのは大変そうじゃないですか。子どもの世話にかかりっきりになるだろうし」

「まだ妊娠してないってことだよね？」

「はい。でも、ほんとにすぐほしいみたいです。子どもが好きなんですよ。十ヵ月も待ってらんないと言ってました」

　そういう子もいるのか。今どきの子にしては珍しい部類だろう。

「産むなら少しでも早くっていうのはわかるんですけど、ちょっと急ぎすぎって、みんなに言われてます。そしたらその子、言うんですよ。だって、人間いつ死ぬかわかんないじゃない。子どもを産む前に事故で死んじゃうかもしれないんだよ。わたしはそんなのいや」萌花は説明する。「何年も前に近所の人が車の事故で亡くなったらしいんですよね、まだ二十代で。それでそんなふうに考えるようになったみたいです」

「そうなんだね」

「だとしても、すごくないですか？　その子」

「すごいね。立派だよ」

「まず十九で結婚することがすごいですよ。いや、高校を出てすぐだから、結婚したのは十八か」

「相手は同い歳とかなの？」

「いえ。六つ上、だったかな」

「もう働いてるんだ？」

「ですね」

ということは、その男、六歳下の女子高生と付き合ってたのか。で、卒業を待って結婚したわけだ。前のほうだけ聞くと悪いやつのように感じるが、あとのほうも聞くといいやつに感じる。

「わたしがその子をこの教習所に引っぱってきたら、紹介料とかもらえるんでしたっけ」

「もらえるよ。五千円」

「じゃあ、引っぱってこようかな。その五千円で出産祝を買う。いいアイデアじゃないですか？」

「いいね。でもさ、妊娠する前に免許をとっちゃうべきじゃないかな」

「とってから妊娠するってことですか？」

「うん。一ヵ月は厳しいかもしれないけど、二ヵ月あればとれる。早く子どもがほしいなら、その分、教習もがんばるだろうしね。若い人でも歳をとった人でもそうなんだ。目標がある人は上達が早いんだよ」

「あぁ。そうかもしれませんね。わたしも、免許とったらすぐ妊娠しようかな」

「いや、それは話がちがうけど」

「冗談ですよ。まず相手がいないです」

ここで不用意に、いないの？　と訊いてしまうとセクハラになる。だからそうは訊かない。だがこれならいいだろうと思い、訊く。

「その子がもし高校生のときに妊娠してたら、どうだったんだろう。子ども、産んでたのかな」

「産んでましたね。高校もあっさりやめてたんじゃないかな。たぶん、周りのわたしたちが止めてましたよ。やめなくていいじゃんて」

「でも、やめてた？」

「やめてましたね、その子なら」そして萌花は言う。「今の話、その子にしてみますよ。目標があればすぐとれるから、免許が先でいいんじゃないかって。で、もし入所したら、益子先生を指名させます」

「いや、それはいいけど」

「益子先生か津村先生だな」

「野地さんは、津村の教習も受けてるんだね」

「はい。わたしは、どちらかというと厳しい人のほうがいいんですよ。そうじゃないと、どうしても怠けちゃう。だから、益子先生か津村先生」

「おれ、厳しい？」

「益子先生は、どちらかというと、です。津村先生は、もろ厳しいですけど」

「もろなんだ？」

「もろです」

川口成巳と野地萌花。男女それぞれにあれこれ訊けてよかった。

だが訊けたら訊けたで、ちょっとツラい。産むなら学校をやめざるを得ないという認識がやはり一般的みたいだと、わかってしまったから。

八月から九月になっても、教習所はそう変わらない。大学生はほとんどが九月も休みだからだ。その休みのうちに免許をとってしまおうと毎日のように来る教習生もいるし、旅行だの帰省だので一時的にパタリと来なくなる教習生もいる。

大学はそんなだが、高校はちゃんと九月一日から始まる。始まるからには、美月も行く。

で、美鈴も行く。おれも行く。高校の校長や美月の担任と会うことになったのだ。要するに、面談。特例として設けられた保護者面談。

日時は土曜日の午後二時になった。それなら生徒も少ないからとの配慮がなされたのだ。

事実、目にしたのは、グラウンドにいた野球部員たちとテニス部員たちぐらい。体育館にも何部員かがいたのだろうが、そこまでは知らない。

おれが高校生だったころは、ほぼすべての部が土曜の午後も活動してたが、今はそうでもないらしい。週に一日は必ず休みがあるだの、盛んでない部は週に三日程度しか練習しないだの、そんな話も聞く。楽でいいな、と思うが、そこまで楽でいいのか？　とも思う。

駐める場所がなさそうなので、いつものアルトでではなく、電車で行った。駅前にあるコンビニの前で美鈴と美月と待ち合わせ、高校までは歩いた。

八月の夏休み中に一度、美鈴は一人で学校を訪ねた。担任に美月の妊娠を告げるためにだ。

そして夏休み明けの九月第一週に、美月を交えて面談をすることになった。そこにおれも呼ばれた。美鈴が声をかけてくれたのだ。また来てくれる？　もちろん、と返事をした。

その日呼ばれたのは岡家側のみ。深谷家は呼ばれなかった。深谷家は深谷家で、別の日に面談をするらしい。賢明な判断だろう。わざわざ教師たちの前で両家が話す必要もない。

面談は校長室の隣にある応接室で行われた。深谷家との面会時同様、三対三。学校側は、清瀬《きよせ》という校長と、久我《くが》という担任。ことだけに、大倉《おおくら》という女性養護教諭も同席した。いわゆる保健室の先生だ。皆、横長のソファに座った。右に美鈴、真ん中が美月、左におれ。それぞれの向かいに、清瀬校長、担任の久我、養護教諭の大倉。清瀬校長は、たぶん五十代後半。担任の久我は二十代後半。養護教諭の大倉も同じ。前の二人はスーツ姿で、大倉は白衣姿。対して、美月は制服姿、美鈴はパンツスーツ姿。おれも今日は薄手のジャケットを着てる。

ごく普通の公立高校。普通科のみ。男女共学。土曜日の午後の学校はやけに静かだ。時折グラウンドから野球部員とテニス部員の声やそれぞれの打球音が聞こえてくるが、それらは背景としての音にしかならない。むしろ学校の広さというか、その応接室からグラウンドまでの距離を感じさせる。

もしや妊娠？　と思ったとき、美月は母親の美鈴よりも先に養護教諭の大倉に相談したらしい。親よりは教師に、ということではなく、身内よりは他人に。そして一般人よりは専門家に。わからないでもない。

大倉はすぐに母親にも相談するよう指示した。頼りないといえば頼りないが、まあ、しかたないのだろう。養護教諭はあくまでも教師であって、医師じゃない。まさか教師が親に内緒で生徒に妊娠検査薬をつかわせるわけにもいかない。あとでそんなことがバレたら、何を言われるかわからない。怒鳴りこんでくる親だっているはずだ。おれがそうならないとも限らない。

簡単なあいさつをすませると、美鈴は、深谷家にもそうしたように、学校側の三人にも自分たち親子とおれの関係を説明した。手短に。離婚した夫です、と。

　そして訊かれる前に自ら言う。

「美月は産みます。それは深谷さんにもお伝えしてあります」

「そうですか」と清瀬校長は言う。

　あわてたりはしない。長く教師をやってるから、似たような案件を扱ったこともあるのだろう。親の出方もわかってるのだろう。

　担任の久我は、おれらに目を向けつつ、チラチラと隣の校長を見る。不安でしかたないのだ。美月の話を聞いたときは、マジかよ、と思っただろう。

「美月さんにとって何がベストかを考えましょう」と清瀬校長は続ける。

「ありがとうございます」と美鈴。

「美月さんは今、二年生。卒業まではあと一年半あります」

「はい」

「高校を卒業する。それがベストではないでしょうか」

「そうさせたいとは思います。本当にそう思います」

「ただ、今後もこのまま登校できるかと言うと、難しい部分もあります」

「どういうことですか？」とおれが尋ねる。

　なるべく黙っていようとは思ったが、そうも言ってられない。深谷家との面会のときは黙っていすぎた、とあとで反省した。その反省を活かさなければならない。

「いずれお腹も大きくなります。ほかの生徒への影響も出ます。美月さん自身も、その状態で登校するのはさすがにツラいかと」

それをツラくないようにするのが学校の務めだろうよ、とは言わない。おれもバカじゃない。いや、バカはバカだが、その手のバカじゃない。例えば自分が今高校生なら、妊娠してしまった女子に対して、何してんだよ、と思ったかもしれない。いや、思っちゃうと思う。お前ら思うんじゃねえ、と学校が指導したところで、思うものは思ってしまう。

ほかの生徒の親たちも、黙ってはいないだろう。周りにそういう子がいたら落ちついて勉強できない。そんな意見も出てくるはずだ。高校生の妊娠を学校が奨励するつもりか？　そんな極論まで出てくるはずだ。どこにでもモンスターはいる。というか、自分の権利を侵されたと感じた人間は、案外簡単にモンスターになる。

おれだって、美月を守るためならどんなモンスターにでもなるつもりだ。ここ何日か考え、はっきりとそう決めた。おれはもう高校生じゃない。大人というか、おっさんだ。美月の親でもある。役所の書類上はもうちがうが、そんな書類には意味がない。まったくないとは言わないが、そんなにはない。親は親なのだ。その親が子を守らなくてどうする。

「三年生ならともかく、美月さんはまだ二年生ですしね」

「それは、どういうことですか？」とまたしてもおれが尋ねる。

清瀬校長は淀《よど》みなく答える。

「子どもは、産んで終わりではありません。そこが始まりです。産んだからには育てなければならない。学校を休んで、子どもを産んで、また戻ります、というのは、その子どものためにも、ちょっと難しいかと」

子どものため。うまいことを言うもんだ。まちがってはいない。いや、まちがってないどころじゃなく、正しい。何というか、もう、絶対的に正しい。だがその絶対的な正しさを盾につかわれると、腹立たしい。深谷基行も似たようなことを言った。美月さんのため。やはり響かなかった。本音ではないことがこちらに伝わってきたからだ。

美月の前なので、言葉は慎重に選びたい。が、選べない。これからは茨《いばら》の道が待ってる。こんなとこでごまかしてもしかたがない。言う。

「産むなら退学しろということですか？」

「ちょっと」と美鈴がたしなめる。

「いえ、そういうことでは」と清瀬校長はあくまでも冷静に言う。

「じゃあ、してほしいということですか？」とおれもできる限り冷静に言う。

「いえ、そういうことでも」

「なら、どういう？」

「現実を見ましょうということです」

今度は深谷基行が口にしたのとほぼ同じ言葉。

清瀬校長や深谷基行が言ったのとはちがう意味で美月に現実を見せるべきだとおれは思う。人は一線を越えた他人をたすけない、という現実をだ。

初めから静かだった応接室がさらに静かになる。空気が重苦しくなる。

沈黙に耐えられなくなったのか、担任の久我が言う。

「えーと、どうしますか？」

清瀬校長に言ったとも、美鈴やおれに言ったともとれる言葉だ。あなたがたの意志を尊重しますよ、と言ってるつもりなのだろう。だが言い方が下手だ。言われた側には、ただの責任逃れに聞こえてしまう。

そして養護教諭の大倉が事態の進展を図る。

「美月さん自身は、どうしたいの？」

美月に注目が集まる。五人全員が美月を見る。

おれは何も心配してない。美鈴とおれに言ったように、美月は産みたいと言うだろう。

だが美月は答えない。見られるのを拒むかのように、顔を下に向けてる。腿《もも》に乗せた両手の甲を、ただじっと見てる。そのまま何秒かが過ぎる。

久我が初めて美月に声をかける。

「岡」

美月はやはり答えない。洟をすすったかと思うと、両手のひらを両目にあてる。泣く。

あせった。それにはちょっと意表を突かれた。おれ自身、やっと思い至った。

岡美月。まだ十七歳になったばかりの女子。妊娠したかったわけじゃない。だが、した。気づいたときには、もう始まってた。ことは動きだしてた。相手の男は頼りにならない。ひょっとすると、味方ですらない。で、大人たちに囲まれ、言われる。どうしたいの？　本人にしてみれば、こう言われてる感じだろう。あなたは恥ずかしいことをしちゃったけど、どうしたいの？　みっともないことになっちゃってるけど、どうしたいの？

美月は泣きつづける。声は出さない。それだけはすまいとこらえてるように見える。

美鈴が美月の肩に手を当てる。

「もういいですか？　今日は」とおれが言う。

今日はと言ってしまったが、次はない。そう思う。そして美鈴に言う。

「いいよな？」

「ええ」

おれはソファから立ち上がる。美鈴も立ち上がり、美月をゆっくりと立たせる。

それを見た教師たちも立ち上がる。大倉、久我、清瀬校長、の順に。

「じゃあ、これで」とおれが言い、

「失礼します」と美鈴が言う。

二人で美月を挟み、ともに頭を下げて応接室を出る。おれが静かにドアを閉める。

そして三人で廊下を歩く。履いてるスリッパがパタパタと音を立てる。来賓用の玄関から入ったので、美月も上履きじゃなくスリッパだ。もう美月も来賓なんだな、とそんなことを思う。今さらながら、自分が初めて美月の体に手を触れたことに気づく。肩に手を当ててるだけ。だが触れてはいる。拒まれない。そうする余裕が美月にないからでもあるが。

玄関で自分たちの靴に履き替え、スリッパを所定の位置に戻す。三つとも、おれが戻す。

受付の窓越しに目が合った職員室の教師に会釈をし、外に出る。野球部員たちとテニス部員たち。それぞれが遠くに見える。美月が二年C組の岡美月だと気づかれなきゃいいな、と思う。気づかれたら気づかれたでいいか、とも思う。どうせ隠しきれはしないのだ。何ならもうすでに知られてるかもしれない。美月の妊娠は、絶好の話のネタとなって校内やネット空間を飛びまわってるかもしれない。

校門を出て駅へと向かう。そこまで来て、やっと一息つく。美月もどうにか泣き止む。両手を両目に当てなくてすむ程度にはなる。美鈴とおれの手も、自然と美月の肩から離れる。

それでも三人、並んではいる。最寄駅までは徒歩十分。歩いてきてよかった。だが十分は短い。おれとしては、徒歩三十分でもいいくらいだ。

訊くべきではないかもしれない。が、訊かずにはいられない。確信を持ちたい。まずは名前を呼ぶ。

「美月」

訊く。

「産みたくないわけじゃ、ないよな？」

「ない」とすぐに答がくる。

ほっとする。その答を自分がまったく残念に思わないことにもほっとする。

近藤所長が言ってた。誰かにアドバイスをする際のルールは二つしかない。簡単なことだ。だからこそ、絶対に守らなきゃいけない。一つは、本人に請われたのでない限りアドバイスはしないこと。もう一つは、どうしろと言うんじゃなく、自分ならどうするかを話すこと。

ただ、おれは親で美月は子。今回はそのルールを破るしかない。ふうっと息を吐き、空を見る。雲一つない、とはとても言えない空だ。大して青くもない。中小の雲があちこちに浮かんでる。どれもきれぎれ。形もよくない。そんな日もある。

「だったら話は早い。美月さ、産めよ」

美鈴が美月の向こうからおれを見て言う。

「だから、産むわよ」

「いや、そうじゃなくて。胸を張って、産めよ」

「何それ」と美鈴が苦笑する。

美月がチラッとおれを見る。何も言わないが、見はする。そしてすぐに前を向く。

おれはなおも言う。拒まれないのだから言ってしまおう、と思う。

「父親はあいつだ。じゃなくて、えーと、彼だ。でも子どもは美月の子だ。美月だけの子だ。何ていうか、子どもはみんな母親の子だ。美月がそうだったみたいに」

美月はやはり何も言わない。美鈴も何も言わない。ただ歩いてる。歩道が広くてよかった。これなら並んで歩ける。三人が並んで歩ける幅の歩道は、案外少ないのだ。

「学校なんてやめてもいいよ。ただ、やめたままで終わるな。産んだあとでいい。子どもがある程度育ってからでもいい。通信でも何でもいい。高校は出ろ」

あぁ、と思う。情けなくなる。おれもそんなことを言うのか。やっぱ、クソったれな父親だ。いや、父親は外して、ただのクソったれだ。

「校長にはエラソーなことを言ったくせに、バカだと思うだろ？」

美月は答えない。そこは答えなくていい。続ける。

「そう。バカなんだ。大人ってのはさ、バカなんだよ。どうでもいい肩書に見事に振りまわされたりする。中卒よりは高卒をエラいと思ったりする。バカなのを自分でわかってたりもする。でもほぼ全員がそうだから、世の中がもう、そういう仕組みになってる。それは変えられないんだ」

美月が再びおれを見る。さっきよりはちょっと長く。

「おれも高校生のころは、大人は大人だと思ってた。なってみて、わかる。大人って、言うほど大人じゃねえんだよ。最低限のルールは守るようになるくらいで、それ以外は大して変わらない。おれだって、周りに誰もいなきゃ、今もアイスの蓋の裏をなめるからな。ポテトチップスも、最後、粉々になったやつをザラザラ〜ッと袋から口に流しこむし」

「だから何なのよ、それ」と美鈴が笑う。

美月も笑う。声には出さないが、口角《こうかく》がちょっと上がるので、笑ったのだとわかる。そのちょっとがうれしい。

「学校」と美鈴。「やっぱり、やめるしかないのかな」

「やめる」と美月。

「本気？」

「本気」

「後悔しない？」

「してもいい」

やられた。いい答だと思う。しない、じゃない。してもいい。後悔は、するのだ。することはわかってる。だが受け入れる。いい。ちゃんと見えてる感じがする。美月は、おれが思う以上に大人なのかもしれない。十七歳ですでに、アイスの蓋なめもポテトチップスのザラザラも卒業してるのかもしれない。

やがて駅が見えてくる。おれは美月と美鈴に言う。いや。二人に言うふりをして、自分に言い聞かせる。

「これは敗退じゃねえぞ。撤退だ」

言ってすぐに後悔する。まさに負け犬の遠吠《とおぼ》えだ。おれはまだまだ未熟なのだろう。犬ではなく人なのだから、吠えないことも覚えなきゃいけない。すでに四十五歳。覚えられるだろうか。

駅で改札を通る。その直後、美鈴が美月に言う。

「学校をやめたら、定期は払い戻ししなきゃね」

それを聞いて、つい笑う。女は現実的だ。頼もしい。

エスカレーターに乗って、ホームに出る。美鈴と美月が乗るのは上り、おれが乗るのは下り。下りが先に来る。三十秒と待たせずに来てしまう。

来たのに乗らないのも変だから、乗る。それじゃあ、とドアのガラス越しに右手を挙げる。美鈴も手を挙げる。美月は挙げない。が、微《かす》かにうなずいたように見える。見えるだけじゃない。実際にうなずいたのだ。そう思うことにする。

五分後、みつば駅で電車を降りた。ちょうどバスが来たのでそれに乗り、今度は四葉駅前でバスを降りる。

せっかくだから『ソーアン』に寄ろうと思ったが、残念ながら閉まってた。あぁ、土曜か、とそこで気づいた。夜のバー営業はやるが、昼のカフェ営業はやらないこともあるのだ。

ならもう一つ先のバス停まで乗ればよかったな、と思いつつ、フォーリーフ四葉まで歩いた。

三階まで階段を上り、部屋に入ると、ヤカンで湯を沸かしてインスタントコーヒーを入れた。美鈴と美月と三人でカフェにでも寄るべきだった、とやはりそこで気づいた。

時刻は午後四時前。どうすっかなぁ、と思い、オジーを聴いた。昔よく聴いたオジー・オズボーン。言ってみれば、原点だ。原点だが、離れてはいない。今もたまに聴く。高校生のときはそれこそ毎日聴いた。日に二、三度聴くこともあった。

犬飼悦人の実家に通う前から、洋楽はちょこちょこ聴いてた。ビルボードだのキャッシュボックスだののチャートに入るようなヒット曲をだ。だがその手の曲は何かもの足りなかった。いいことはいいが、すぐに飽きてしまうのだ。

で、ヘヴィメタルのというか、オジーの洗礼を受けた。ガツンとやられた。世の中にはこんなカッコいい曲があるのか、と思った。

その『フライング・ハイ・アゲイン（Flying high again）』を何度も聴きつつ、考える。というか、振り返る。

今の美月と同じ十七歳のときのおれ。まちがいなく、アホだった。といっても、危険なアホじゃない。女子を妊娠させたりする心配は無用の、ある種健全なアホだ。

いつもロックを聴いてた。学校の授業中は、頭のなかで好きなアルバムを初めから終わりまで通して再生した。授業時間は五十分。アルバム一枚は四十分前後。ちょうどよかった。途中で教師に指されるとイライラした。今再生中なんで、と回答を断りたくなった。

とにかく生活の中心にロックがあった。マドンナなんか聴いてないでオジーを聴けよ、と、女子に対してさえ思ってた。と同時に、女子にオジーのよさはわかんないだろうな、とも思ってた。猫に小判、女子にオジー、だ。

とはいえ、そこは高校生男子。もちろん、好きな女子もいた。が、一言も話さなかった。相手にされてもいなかったはずだ。女子よりもロック。自分ではそう思ってた。思うようにしてた。今の美月にくらべれば、ガキもガキ。悦人の姉の苗子さんにエロ中枢を刺激されるだけで満足してた。異性に対しての行動力はまるでなかった。

では、今の美月に行動力があるのか。

それは何とも言えない。不運にも、深谷陸に無駄な行動力があっただけかもしれない。十七歳。上から下を見られる歳じゃない。ひたすら上を見つづける歳だ。今はそれでいい。

四十五歳のおっさんの部屋で、オジーが叫ぶ。

フライング・ハイ・アゲイン。

負けんな、美月。元気な子どもを産んで、再び高く飛べ。

「黄色で交差点に入れば違反にならないっていうんで、むしろアクセルを踏みこむ人がいる。そうするとどうしてあぶないか、わかる？」

「スピードを出しちゃうから、ですか？」

「それもある。でもそれ以上にね、必死になっちゃうからあぶないんだ」

「必死に」

「そう。例えば右左折で交差点に入った場合、信号が赤になる前にどうにか曲がりきろうとするよね？　そうやって、とにかく交差点から抜け出ることに集中するあまり、歩行者に気が向かなくなるんだ。横断歩道を横切る直前に歩行者がいることに気づいて、急ブレーキをかけたりする。それで停まればいいけど、事故になることもある」

「それは、わかります。自分が歩行者のときに、えっ？　と思ったりもしますから」

「そうだよね。自分が歩行者として青で横断歩道を渡ってるなら、曲がってくる車、特に右折してくる車に注意なんかしないよ。右折車は自分のななめ後ろから来る。気づきようがない」

実際にそれで人がはねられるのを見たことがある。前の会社にいた、三十すぎのころだ。

営業の外まわり中だったが、居合わせたほかの通行人たちとともにその場に残り、警察に状況を伝えた。あとで上司からは、ほかにも誰かいたんならお前は残んなくてよかったろ、仕事しろよ、と言われた。そのことだけでわかる。本当にダメな会社なのだ。

と、まあ、それはいい。そのときはねられたのは、三十代ぐらいの女性だった。すぐに救急車で運ばれていった。さすがに気になったので、ニュースを見た。亡くなったらしい。

教習時はそこまで話さない。教習生を過度に脅す必要はないからでもある。あの女性を利用したくないからでもある。本当は話すべきなのかもしれない。もしかしたら女性もそれを望むかもしれない。

今話してるこの教習生は、池沢蘭《いけざわらん》。大学二年生。おれに指名予約を入れてくれるのは三度めだ。いつもは加島さんを指名する。たぶん、加島さんが休みの日だけおれになる。今日は日曜で大学は休みだから、どうしても教習を入れておきたかったのだろう。前の二度の教習の際、この蘭とは敬語で話をした。教官は常に紳士たれ。それを実践できてたわけだ。

今どきの子にしては珍しく、蘭は丁寧な言葉づかいをした。品があると言ってもよかった。そんな教習生とあたった場合、品のないおれが品のある側へ引っぱられることが多い。理由は簡単。品のある人は品のない側へ引っぱられないからだ。といっても、かしこまった感じにはならず、蘭とはごく普通にあれこれ話すことができた。

前回、教習が終わるころになって、蘭はおれに言った。

「益子先生、わたしに敬語をつかってくれなくていいですよ。わたしよりずっと歳上で、しかも先生なんだから、普通に話してください」

「いや、普通に話してるつもりだけど」と言ったあとに直す。「つもりですけど」

「ほら」と蘭は笑った。「そんなふうに直しちゃうということは、やっぱり無理してくれてるんですよ。ほかの教習生さんとは、もっとくだけて話しますよね？　わたしもそうしてもらいたいです。先生は歳上だからわたしは敬語でいきますけど、先生は普通にしてください」

「そういうことなら、じゃあ」

「すみません。変なお願いしちゃって」

「いえ。はっきりそう言ってもらえると、こちらもたすかりますよ」直す。「じゃなくて、こっちもたすかるよ」

　そんなわけで、今日の教習では初めから敬語なしで話した。出だしも出だし、あいさつのよろしくお願いしますにだけは、よろしくお願いしますで返した。これだけは敬語ね、と言ったら、蘭は笑った。

　もう美月のことで若い教習生たちにあれこれ訊くのはやめるつもりでいたが、この蘭には訊いてみたくなった。川口成巳や野地萌花とはちがうタイプのこの子ならどう思うだろう、と思ったのだ。

　といって、この蘭が妊娠の話題を自ら持ち出すわけもない。自然に訊くのは無理だろうとも思ってた。が、ここへきて、逆にこんなことを訊かれた。

「益子先生って、娘さんがいらっしゃるんですよね？」

「え？　あぁ、うん。いるね」

驚いた。教習は今日で三度めのこの蘭にはそんなこと話してない。

動揺を感じとったのか、蘭が言う。

「すみません、いきなり。ほかの先生に聞いたんですよ」

それならわかる。教官の同僚は、ほとんどがおれの事情を知ってる。進んで皆に打ち明けたわけではないが、まあ、そういうことは知られるものだ。ただ、蘭の教習を主に持つのは加島さん。あの思慮深そうな加島さんが教習生にそんなことを話すというのも考えづらい。となれば、学科教習担当の誰かかもしれない。

「正しくは、元娘、だけどね」と自分から言う。

「そうなんですね」

そうなんですか、ではなく、そうなんですね。それも知ってたのだろう。

「今、高校生」

「会ったりはしてるんですか？」

「そんなには、してないかな」

「ほんとにすみません、変なこと訊いちゃって」

「いや、いいよ」妊娠のことには触れないつもりで、おれも言う。「あのさ、こっちもちょっと変なことを訊くけど」

「はい」

「池沢さんが高校生のとき、学校をやめた友だちとか、いた？」

「いませんでした」

そうだろうな、と思う。この子なら偏差値の高い学校に行ってそうだし。

「まあ、普通はやめないか」と言ったあとに、足す。「いや、ほら、教習生さんのなかには、わたし高校やめちゃったんですよ～っていう子もいるからさ」

うそでも何でもない。実際、いる。そんな子は、自分から明かしたりする。隠してると思われるのがいやなのだろう。

「あ、でも」と蘭は言う。「中学が同じだった子で、一人いたのかな。何か、子どもができちゃったみたいで。詳しいことは知らないけど、それで学校をやめちゃったみたいです」

ドキッとしつつ、言う。

「やめることになるんだね、そうなると」

「はい」

「もし自分の友だちがそうなったら、どうする？」

「きちんと育てられるかどうか考えなよって言いますね、産む前に」

そうか。そうだよな。

「でも本人が産むと決めたら、あとは全力でたすけます。といっても、大したことはできないでしょうけど」

蘭は何もミスをせず、最後、所定の位置に教習車を停めた。

だからおれも気分よく原簿にハンコを押した。

「おつかれさん。次もがんばってね」

「はい。ありがとうございます」

こっちこそありがとう。その言葉は呑《の》みこむ。そんなことを言われても、意味がわからないだろうから。おれは思う。蘭が美月の友だちだったらなぁ。

そして続く三時限目も、うれしいことに、指名予約が入ってた。何と、六十九歳の臼井しのさんからだ。

加島さんだけでなく、このところ良太にも予約を入れてると小西陽南子から聞いてた。なかなか上達せず、かなり苦労してるらしい。だから教官を変更。わかる。行き詰まってくると気分を変えたくなるのだ。病気がなかなか治らず、いろいろな療法を試したくなるのに近いかもしれない。その新しい療法がおれだ。うさん臭い薬、みたいに思われてなければいい。

で、職員用トイレで小用をすませ、教習車に向かって歩いてるときにふと思う。

そういえば、最近、林田佳世を見ない。卒業した、のか？

# 十月　いつもの朝に

映画でも小説でもそうだが、音楽でも、これだけを聴いとけばまちがいない、この一曲だけを聴いとけば事足りる、というものはない。ないのだが、まあ、近いものはある。おれにとってはボブ・ディランの『いつもの朝に（One too many mornings）』がそれだ。ギター一本のほうじゃなく、ライヴアルバムに入ってるバンド演奏のほう。

これがすごい。曲は四分弱。演奏は荒々しい。圧倒される。そこにはロックに必要なものがすべて詰まってる。やっぱこの曲だけを聴いとけば事足りるんじゃないかと思わせる。揺さぶられる。この先死ぬまでずっと一曲しか聴けないとしたら、おれはこれを選ぶかもしれない。

その『いつもの朝に』を、狭いアパートでじゃなく、もっと狭いアルトのなかで聴いてる。おれが住むフォーリーフ四葉は、ごく普通の2DK。騒音は出せない。耳の都合で、ヘッドホンもイヤホンもつかいたくない。そんなときに車が役立つのだ。ある程度大きな音で聴ける。危険なので、交通音が聞こえなくなるほど大きくはしないが。

アルトが目的地に着く。目的地。岡家。美鈴と美月が住むマンションだ。かつておれが一緒に住んでたマンションから近い。幼稚園のときの友だちと別れなくてすむよう、美鈴が同学区のそこを選んだのだ。

そのマンションから歩いて三分のところにあるコインパーキングにアルトを駐めた。

どんなに面倒でも、路駐はしない。前にも言ったように、教官がキップを切られるのはマズいのだ。だから駐車場が近くにない場所に行くときは、遠くのそれに駐めて十分でも歩く。

午後五時前。マンションに向かって歩きつつ、美月に電話をかける。

うれしいことに、おれは美月のスマホの番号を知ってる。電話をかけることもできる。許されたのだ、美月に。もちろん、美鈴にも。

といっても、用もなくかけることは許されてない。今もこんなだ。

「もしもし。おれ。着いたよ」

「うん」

返事はそれだけ。う、と、ん。二音。待ち合わせ場所は通用口の外。前もってそう決めてたとはいえ、もうちょっと何かほしい。今行く。せめてその四音ぐらいはほしい。

だが同行を許してくれたことはうれしい。本当にうれしい。同行。何に？　ウォーキングに。軽めの運動をしたほうがいいとのことで、美月はウォーキングをすることになった。平たく言えば散歩だ。

美鈴から電話でその話を聞いたとき、おれは言った。

「おい、だいじょうぶなのかよ」

「だいじょうぶよ。本人もだいじょうぶだって言ってる。あのね、妊娠は病気じゃないのよ」

「そりゃそうだろうけど。遅い時間は歩かせるなよ」

「遅い時間て何時よ」

「五時とか」

「五時はまだ明るいでしょ」

「夜を甘く見んなよ。これからは、油断してるとすぐに暗くなるぞ」

「油断はしないわよ」

「しなくても、暗くはなる」

わけのわからないことを言ってる自覚はあった。思いきって、言ってみた。

「一緒に行っちゃマズいか？」

しばしの間ができた。言い訳のように続けた。

「おれが休みの日だけになっちゃうけど、それでも、ずっと一人よりはましだろ」

「まあ、いいんじゃない」と美鈴は言った。「美月に訊いてみるわよ」

じゃあ、ダメかも、と思った。訊いてみちゃダメだ。美鈴自身が、母親として、ある程度の強制力をもって言ってくれないと。

予想どおり、美月も初めはいやだと言ったらしい。だが最終的にはいいと言ってくれた。自身、ちょっとは不安もあるのだと思う。それはそうだ。初めての妊娠。しかも十七歳。ないほうがおかしい。

　通用口の外で待つ。二分ほどで美月はやってきた。もちろん、私服姿。ふんわりしたスカートにゆったりしたカーディガン。靴は歩きやすそうなスニーカー。肩まであった髪が、かなり短くなってる。おかげで楽に声をかけられる。

「髪、切ったのか？」

「切った。シャンプーが楽だから」

「あぁ、そうか。じゃあ、えーと、行くか」

　美月のお腹はもう大きくなってる。見れば妊婦だとわかる。マンションのほかの住人にもわかるだろう。近所付き合いはなくても、あれこれ言われたりはするはずだ。いや、近所付き合いがないからこそ言われるのか。まあ、いい。言うやつは言うのだ。泰然自《たいぜんじ》若《じゃく》でいればいい。それが一番難しいが。

　体がそんなだから、美月は学校を休んでる。やめてはいないが、もう行かないだろう。やめるのはいつでもできる。だからやめてないだけの話。

　結局、深谷基行や修子とは、あの一度しか会ってない。美鈴には基行が電話をかけてきたらしい。もう一度会いませんか、と。美鈴はやんわり断った。お会いしても、産むことは変わりませんから、と。

　美月と並んで歩く。初めて二人で歩く。

「速すぎないか？」と訊く。

「何が？」と訊き返される。

「歩くの」

「平気」

「そうか。自分のペースで歩いてくれよな。合わせるから」

「うん」

会話が成立したことに安堵する。安堵は歓喜へと変わる。まるで、女子と並んで学校の廊下を歩くだけで緊張する中学生だ。

「だいじょうぶか？」とまた訊く。

「何が？」とまた訊き返される。

「体」

「あぁ。うん」

「キツかったら言えよ」

「うん」

「キツくなりそうだと思った時点で言えよ」

「うん」

「我慢すんなよ」

「クドい」

二度めの成立にも安堵する。クドいと言われても安堵する。話しすぎてもダメだな、と思う。といって、話さないのもダメ。なら話してしまう。

「身長、何センチある？」

「百六十あるかないか」

てことは、ないんだな、と推測する。あるなら、百六十とはっきり言うだろう。要するに、年齢でサバを読んでた『ソーアン』の冬香ちゃんみたいなもんだ。

「それって、大きいほうか？」

「普通」

「そうか。じゃあ、列の真ん中ぐらいだ」

「列は前」

「ん？」

「学校の列なら前のほう。背の順じゃなくて、名前のアイウエオ順。だから岡は前」

「でもそれだと、大きい子が前に来ちゃったりもしないか？」

「するけど、ウチの学校はそう」

「あぁ。高校は、そうかもな」

名字が益子だから、おれはわりと後ろのほうだった。確かこうだ。広田《ひろた》、益子、桃井《ももい》。

と、そこまで考えて、気づく。本当なら、美月も後ろのほうだったのだ。益子のままだったら。

益子美月。いい名前だと思った。美鈴も賛成した。美月だけじゃない。益子美鈴だっていい名前だ。おれと結婚するとき、美鈴は言った。わたし、子がつく名前じゃなくてよかった。例えば美しいに子でヨシコだったら、益子美子になっちゃうもの。

美鈴は、美鈴というきれいな名前があるのに、友だちからはオカミと呼ばれてたらしい。岡美鈴だからだ。女将の発音で、オカミ。おれと結婚することでついに女将さんから脱却できる、と笑ってた。戻ってしまったが。

「そこ曲がる」と美月が言い、

「うん」とおれが言う。

右に曲がり、やや広い道に出る。川へと向かう道だ。

そして信号のない横断歩道を渡る。あまり車は通らなそうだが、左右の安全確認はちゃんとする。美月がしないから、おれがする。ついでに言う。

「教官のおれが言うのも何だけど、車には気をつけろよ」

美月が尋ねるようにおれを見るので、補足する。

「ほら、こんな横断歩道の前に歩行者がいても、たいていの車は停まんないだろ？　ほんとは停まんなきゃいけないんだよ。歩行者優先だから。でも現実には、信号が赤でない限り、車は停まらない。黄色で無理に突っこんでくることもある。だから気をつけなきゃいけないんだ。青で横断歩道を渡ってるときでも気をつけたほうがいい。曲がってくる車がないとは言いきれないから」

「そんなの、車が悪いんじゃん」

「そうだけど、自分が悪くなきゃケガの度合いが軽くなるわけでもない。下手をすれば、ケガじゃすまないこともある」

言ってすぐに思う。今言うことじゃない。妊婦さんに言わなくていいだろ。だが妊婦さんにだから言いたい。

「気をつけるよ」と美月はすんなり言う。「中学のとき、それで友だちが事故に遭ったから」

「そうなのか？」

「うん。横断歩道を渡ろうとしたら車が来て、その子は自転車に乗ったまま倒れた」

「ぶつかった？」

「かすっただけ。ケガは大したことなかった。何日かは学校を休んだけど」

「ならよかった。交通事故はあとで症状が出ることもあるからな。今の美月には、ほんとに気をつけてほしいよ」

と、まあ、事故の話はこのくらいでいい。おれは無理やり話題をかえる。

「で、どうだ？」

「何が？」

「生活というか、毎日というか」

「別に。普通」

「学校がないと、退屈じゃないか？」

「退屈は退屈。昼のテレビはつまんないし。だから本とか読んでる」

「本？」

「出産関係の雑誌とか、育児書とか。お母さんが勝手に買ってくる」

「勝手に、か」

「こないだはマタニティウェアのカタログまでもらってきた。わたしに合いそうなのは、ほとんどなかったけど」

　十代の妊婦を想定してない、要するに需要がない、ということかもしれない。

川の手前にある公園に入る。いわゆる緑地公園だ。人工の池があったりする。広い。

今日は平日だからか、人はそんなにいない。

二人、遊歩道を歩く。

「速さ、このくらいでいいか？」とそこでも訊く。

「うん」

「速かったら言えよ」

「うん」

「無理すんなよ」

「だからクドい」

自分でも思う。本当にクドい。美鈴のお腹に美月がいたときは、こんなにクドくなかったはずだ。だが今はいちいち訊かずにはいられない。

「いい公園だな。いつもここを歩くのか？」

「うん」

「明るいうちだけにしろよ」

「してる。暗いとこわいから」

その言葉で思いだす。子どもはほとんどがそうだが、おれと暮らしてたころの美月も、やはり暗いのをこわがった。夜道を歩くときは必ず自分から手をつないできたし、寝るときも明るいままがいいと言った。だから、いつも美月が眠ってから明かりを消すようにした。幼稚園のときはずっとそうだった。十七歳の今は、真っ暗でもだいじょうぶなのか。

前方、東屋《あずまや》にあるベンチに高校生らしき男子が一人で座ってるのが見える。わきに自転車が駐められてる。制服姿。今ではむしろ珍しい黒の学ランだ。学校帰りなのだろう。当然のようにスマホを見てる。

今の子たちは、みんながみんなスマホを見る。屋内、屋外。どこにいても見る。電車のなかでも見てるし、自転車に乗りながらでも見てる。子たち、に限らない。おっさんでもおばさんでも、見る者は見る。おれもスマホに替えたらそうなるのか。暇つぶしに、シン・リジィだのブラックブッシュだのと検索してしまうのだろうか。

高校生、からの連想で、ついこんなことを言う。

「彼は、学校に行ってるんだよな？」

「うん」

「美月は行かないのにな」

言ってから、言うべきじゃなかったと思う。

だが美月はちょっと意外なことを言う。

「陸だってツラいと思うよ。学校じゅうのみんなに知られてるわけだし」

「みんなに、知られてるのか？」

「わかんないけど。知られてないはずないよ」

まあ、そうなのだろう。あそこのベンチにいる高校生だって、あのスマホで例えば何らかの岡美月情報にたどり着けるのかもしれない。それも案外簡単に。

「あのさ、女子の友だちはいないのか？」

「いるけど、高校の友だちは何も言ってこない。わたしからも言わない。ＬＩＮＥとかも今はしてない。中学の友だちには、言ってないし」

「このことを？」

「そう」

東屋の前を通りすぎる。前といっても、十メートルほどの距離はある。そこは広場みたいなもんだから。

高校生は相変わらずスマホを見てる。その見方が、ちょっとわざとらしい。近づいてるときから思ってた。チラチラとだがやけにこっちを見るな、と。

美月が妊婦であることに気づいたからかもしれない。女子がおっさんと二人で歩いてるのが珍しいからかもしれない。どちらにしても不快だ。前の理由なら美月に失礼だし、あとの理由ならおっさんにも失礼だ。女子と並んで歩ける幸せなおっさんもいるんだよ、と言いたくなる。おっさんにはおっさんの不幸せな事情があるんだよ、とも言いたくなる。

まさか通りすぎたあとまで見たりはしてないだろう。そう思い、何気なく振り向く。見てる。がっつり見てる。スマホを持つ手を下ろしてだ。で、あわてて上げる。スマホを見てるふりに戻る。

遠ざかりつつ、隣の美月に言う。

「あいつ、さっきからこっちをチラチラ見てないか？」

答の代わりにこんな言葉が返ってくる。

「同じマンションの子」

「え？」

「棟はちがうけど。中学の同級生」

中学。美月が妊娠のことを言ってないはずの、同級生。

「幼なじみとか？」

「なじんではいない。同じクラスだっただけ。最近よくあそこにいる」

「ほんとか？」

「うん」

「美月が歩いてるといるってことか？　美月を見てるってことか？」

「わかんない。歩いてないときも、いるのかもしれない」

「声をかけてきたりは？」

「それはない。中学のときから、あんまりしゃべらなかったし」

もう一度振り向く。さっきよりも素早く。だるまさんが転んだ、のように。

だるまさんは、転んだ。不意を突かれ、高校生はまたあわててスマホを見た。今度は右手の指で何やら操作するふりまでした。

やはりそうだ。ゲームか何かやってるように見せてはいるが、明らかにこちらの様子を窺《うかが》ってる。おれにはそう見える。

歩きつづけながら、さらに美月に訊く。

「敵か？　味方か？」

「は？」

「あいつは美月の敵か？　それとも味方か？」

「何それ」

「言えよ」

「どっちでもない」

「じゃあ、味方でもないんだな？」

味方でもないなら敵だろう。この場では。ことこの件に関しては。

ガキどもの情報伝達は速い。スマホがある今は、おれのガキ時代にくらべて十倍は速いだろう。で、ここからが厄介なところ。情報は無関係なやつらにも伝わる。拡散する。

拡散。いやな言葉だ。昔からあるが、そんなにはつかわれなかった。今はあんなガキでもつかう。拡散希望、とか。希望されるのはいい情報ばかりではないだろう。まあ、悪い情報は、希望しなくても拡散されるだろうが。

おれは想像する。あのスマホのカメラで、こうして歩く美月の姿を撮られたら。その画像をアップされたら。十七なのにお腹が重いわ〜、なんて下卑たコメントをつけられたら。

考えただけで、頭に血が上る。いや、考えてはいない。感情が先走る。ふざけんな、ガキ。

「ちょっと行ってくる」

そう言って、おれは行く。駆け戻る。

ベンチのガキがおれを見てる。驚いてる。スマホを見る余裕はない。逃げる余裕もない。逃げたとしても、追いかけるつもりだ。脚力では負けるかもしれないが、とり逃がすことはないだろう。自転車を押さえてしまえばいい。

二メートルほどの距離をとって立ち止まる。ガキの顔を真正面から見る。まさにただのガキ。こう言っちゃ何だが、深谷陸ほど顔立ちが整ってはいない。女子の目を引きそうではない。

　声をかける。

「なあ」

「はい」とガキは座ったまま返事をする。

「美月のこと知ってるよな？」

「はい？」

「あれが岡美月だと知ってるよな？」

「あぁ。はい」

「何のつもりか知らんけど、あとをつけまわしたりはしないでくれ」

「いや、あの」

　この先は当てずっぽう。

「いつもここにいるよな？　いつも美月を見てるよな？」

「いや、いつもでは」

「家、近いんだよな？　こんな公園に寄る必要は、ないよな？」

「あの、ぼくは別に」

「別に何だよ。逆に美月がお前のことを見に来てるとでもいうのか？」

　その美月がこちらへやってくる。小走りに寄ってくる。

「おい、走んなよ」とおれが言う。

「何やってんのよ、バカ！」と美月は声を上げる。

勢いに押されて、ガキが謝る。

「ごめん」

「ガクじゃない。そっちだよ」

そっち。おれだ。おれに言ったのだ。

「何も知らないくせに勝手なことすんなよ！　正義の味方のつもりかよ！」

誤解だ。正義の味方のつもりではない。父親のつもりだ。言えないが。

「こんなことするならもう来んな！」

美月は振り返り、歩きだす。やはり早足だ。

それをやめさせるべく、あとを追う。

「なあ、おい、急ぐなって」

「うるさい！」と言いつつも、美月は速度を落とす。普通の歩行ペースになる。

また並んで歩く。ガクなるガキのほうを見る。

ガクはこちらを見てる。もう見てることを隠そうとはしない。ただ呆然《ぼうぜん》と見てる。

「あいつがつきまとってると思ったんだよ」と美月に言う。「そうじゃないのか？」

美月はキッとおれを睨む。口は開かない。すぐに前を見る。歩きつづける。広場からまた遊歩道に入るところで言う。

「男子だって、いやなやつばっかりじゃないんだよ」

いやなやつ。あれこれ陰口を叩く周りの男子のことなのか。でなきゃ、深谷陸のことなのか。あるいは、おれのことなのか。おれは、男子か？

「悪かったよ。ついカッときちゃって」

美月は返事をしない。

「ちゃんと話を聞けばよかった。ごめん」

やはり返事をしない。

「これからは気をつけるよ」

返事はない。

「なあ」

ない。それからはもう、ずっとなかった。並んで歩きこそしたが、美月は一言もしゃべらなかった。通用口まで来ると、反対側の出入口から公園を出ると、そのわきの道を通ってマンションに戻った。通用口まで来ると、一度だけおれを見た。いや、睨んだ。もう終わり、ついてくんなよ、という感じに。

もちろん、ついていかなかった。マンションの敷地に足を踏み入れることはできなかった。美月がそうだと言えば、それはもう立派な不法侵入になる。

棟の玄関のほうへ曲がるまで、美月の後ろ姿を見送った。曲がり際、もう一度こちらを見てくれないかと思ったが、見てくれなかった。

まさかこれで見納めじゃないよな、と不安になる。美鈴と離婚したときでさえ、もうちょっと友好的な別れ方だった。パパ、バイバイ、と美月は言ってくれた。それが本当の別れだと正しく認識してなかったからでもあるが。

結局、散歩は二十分で終わった。一時間は歩くつもりでいたのにだ。

これを二度めの本当の別れにしちゃいけない。美月、十七歳。そうと正しく認識したうえでの別れ。いくら何でもツラすぎる。

ということで、アルトを駐めたコインパーキングに向かって歩きながら、ガラケーで美鈴に電話をかけた。

仕事中かもしれないが、そんなことは気にしてられない。あとで美月に言われるくらいなら、自分で美鈴に言ってしまいたかった。留守電になったら電話をくれとメッセージを残すつもりでいた。

美鈴は出てくれた。

「もしもし」

「もしもし。おれ。今、だいじょうぶか？」

「ちょっとなら」

「仕事中ならまたかけるけど。いい時間を言ってくれれば」

「いえ、だいじょうぶ。休憩にするから。何？」

「えーと、美月に怒られた」

「は?」

「というか、きらわれた」

おれはついさっきのことを手短に話した。

散歩の出だしは順調だったこと。公園であやしいガキを見てしまったこと。敵と見なし、声をかけてしまったこと。美月に激怒されたこと。口をきいてもらえなくなったこと。

手短にのつもりが、ちょっと長くなった。端《は》折《しょ》りたくなかったのだ。自分に都合のいいように言ったと、あとで美月に思われたくなかったのだ。

話を聞いた美鈴は、まずこう言った。

「美月にストレスをかけないでよ」

「ごめん」と本気で謝った。「アホだった。ほんと、ごめん」

意外にも、それ以上は怒られなかった。美月の怒りを百とすれば、美鈴の怒りは二十、いや、十だ。

「ガクって言ったの? 美月」と美鈴に訊かれ、

「そう」と答える。

「それ、たぶんナカハラくんだ。中学の授業参観のとき、お母さんと話したことがある」

中原岳くん、だそうだ。

「おとなしそうな子でしょ？　岳くん」

おとなしそうだった、かもしれない。熱くなってたから、じっくりとは見なかった。無作法なクソガキ。そう見ただけだ。

「お母さんもすごく感じのいい人。わたしよりずっと歳上。四十を過ぎてから岳くんを産んだみたい」

「そうか」

「岳くんも、会えばあいさつしてくれる。だから美月にも言ってるの。中原くんのお母さんに会ったらきちんとあいさつしてよって」

「あぁ」

そんならそう言ってくれよ、美月。というか、訊けよ、おれ。

このとおり、美月の友だちのことを、おれは何も知らない。親しい友だちができるような時期にはもう一緒に住んでなかったのだ。ただでさえそうだから、そんなに親しくもない同級生のことなんて知るはずがない。

で、その程度のことも考えずに、おれは突っこんでいったわけだ。緑地公園の東屋に。二十八歳も下の高校生に。もうほとんどテロリストだ。四十五歳、おっさんテロリスト。

「一応、美月には謝ったけど、美鈴からも謝っといてくれよ」

「いいの？」

「いいよ。何で？」

「こうやってあなたがわたしに話したことを、あの子はいやがるんじゃないかと思って」

そう、かもしれない。親子間に限らない。二人でいたときに起きたことをその場にいなかった誰かに話されたら、それはいやだろう。そんなことに考えが及ばない自分の鈍さがいやになる。

「じゃあ、やっぱり黙っててくれ。美月自身が何も言ってこなかったら、知らないままにしといてくれ」

「話はそれだけ？」

「ああ。長くなってごめん」

「だいじょうぶ。休憩は十分だけど、今日はお昼休憩もまだだから」

「昼メシを食ってないってことか？」

「そう」

「食えよ」

「いい。今日はもう食べない。ちょうどいいわよ。節制になる」

「その節制は、よくないだろ」

「あ、心配してくれるの？」

「まあ、するよ、そりゃ。美月の母親なんだし」

「その言いぐさ」

怒ったのかと思ったが、笑ったらしい。

「じゃあ、もう切るよ。軽くでもいいから、何か食えよな」

実際に切ろうとしたところで、美鈴が言う。

「美月に聞いた？」

「何を？」

「性別。子どもの」

「いや。わかったのか？」

「うん」美鈴はあっさり言う。「女の子」

男の子じゃなかったか、との思いと、女の子でよかった、との思いが同時にきた。前者は、男の子を持つ喜びを知らないから。後者は、美月で女の子のかわいさを知ってるから。

「美月の口から聞きたかった？」

「いや、そんなことないよ。そんなことないってのも何だけど。教えてくれてうれしいよ」

「教えなかったら、わたしたち、相当いやな親子でしょ」と美鈴が笑う。

だが美月は教えてくれなかった。もしかして、教えてくれようとはしてたのか？　あのままいけば教えてくれてたはずなのに、おれがぶち壊した。そういうことか？

「女の子」とおれは再度言う。「まちがいなく、かわいいだろうな」

「美月に似てくれたらいいけど」

「似るよ。美月だって、美鈴に似たろ？」

「性格はわたし似じゃないかも」

「そんなことないよ、そこも美鈴似だ」

本当にそうだ。そうでなきゃ困る。おれ似はマズい。

「あの子、ちょっと不安がってる。ほら、子ども、早生まれになっちゃうから」

「あぁ」

「予定日は三月下旬だから、そうなる」

「早生まれって、よくないのか？」

「よくないことはないけど、有利でもないでしょ。例えば四月生まれの子なんかとは、一年近く差があるわけだし。小さいうちは、やっぱりちがうわよ」

「ガキのころ、そんなふうに感じたことはなかったけどな。こいつは三月生まれだから足が遅いとか、勉強ができないとか」

「子ども自身は意識しないでしょ。同じ学年の子ならみんな同じ」

「まあ、そうか。でも子ども自身が意識しないなら、それでいいんじゃないか？」

「そうね。今さらしかたないし。いえ、しかたないなんて言っちゃダメね」

美月はもうそんなことを考えてるのか。やっぱり女なんだな。母親になれる人なんだな。

「わたしね、あの人に美月のことを話した」

「あの人？」

「高梨さん」

「あぁ。そしたら、何て？」

「何も。ただ、あぁ、そうって。それしか言いようがなかったんだと思う」

まあ、そうかもしれない。例えば万由に娘がいて、その娘が妊娠したと聞かされたら、おれは何と言うか。あぁ、そう。言っちゃうかもしれない。何してんだよ、とは言えないし、おめでとう、とも言いづらい。

「産むの？　って訊かれた。産むって答えた」

「で？」

「それだけ」

「その高梨さんには、子ども、いないんだよな？」

「いない。結婚してたこともないから」

で、付き合ってる美鈴が、今、四十四。自分の子を持つ気はないということか。

「話してから、ちょっと距離ができた感じがする」

「そうか」

高梨氏を責められない。男として、理解はできてしまう。好きになった相手のことは丸ごと受け入れろよ、と言うのは簡単だ。人ごとなら。実際にそれができるかどうかは、その事実を知った瞬間に決まるような気がする。聞いた瞬間、どう感じたか。受け入れられたのか。られなかったのか。られなければ、その後あれこれ理屈をつけて修正するのは無理だろう。

「こんなの、休憩中の電話で話すことじゃないわね」

「そうでもないだろ」

むしろ休憩中の電話でだから話せるのかもしれない。今のおれと美鈴では、電話以外に二人で話す機会もない。

考えてみれば、美鈴のことを話すのはこれが初めてだ。美月のことをでなく、美鈴自身のことを話すのは。

　高梨氏のことは電話で聞いた。が、それは美月絡みでだ。美月の妊娠、その周辺情報として、おれが訊いた。今のこれはちがう。美鈴が自ら話してくれた。美月に絡めた話でもない。

「ごめん。ほんとに長くなっちゃうわね。今日のことで何か言ってきたら、美月に言っとく。悪気はなかったと思うわよって。じゃあ、これで」

「待った。あのさ」

「何？」

「また散歩に付き添っていいかな？　もうおかしなまねはしないから」

「わたしはいいけど、美月がどうかよね。もしいやなら、やめたほうがいいし。そのあたりは、自分たちでどうにかして」

「美月に電話をかけていいってことだよな？」

「もうかけてるじゃない。待ち合わせの約束とか、したでしょ？ そういうのをしてくれる分にはかまわないわよ」

「じゃあ、チャレンジしてみるよ」

「何よ、チャレンジって」と美鈴があきれたように笑う。「じゃあ、またね」

「ああ」

そして電話は切れる。美鈴が先に切る。ツー、ツー、という音を四度聞いてから、パタンとガラケーを閉じる。いつものように、区切りがついた感じを味わう。

長いとはいえ、十五分も話してない。ケータイを持つようになってから、長電話はしなくなった。昔は実家の固定電話で友だちと二時間話したりした。美鈴とも話した。二時間じゃきかなかったかもしれない。今このガラケーでそんなことをしたら、通話料がエラいことになってしまう。長電話を想定してない、最安の契約プランだから。

ガラケーをチノパンのポケットに入れ、すぐに出す。思いつきで、今度は万由に電話をかける。

六度のコール音のあと、留守電の機械音声が言う。ただいま電話に出ることができません。メッセージはどうしようかと考えたところで、声がかわる。

「もしもし」

「あ、もしもし。おれ」

「うん。どうした？」

「今、話せる？」

「だいじょうぶ。休憩中」

「万由もか」

「万由もって？」

「いや、こっちの話」

「で、何？」

「何ってこともないけど、どうしてるかと思って」

「どうしてるも何も、働いてるよ。そっちは休み？」

「休み」

「珍しいね、こういう電話」

「そうか？」

「そうでしょ」

　そうだ。前にも言ったように、用はないけど声が聞きたくてさ、みたいな電話はかけたことがない。で、かけたからには、用をつくる。

「えーと、十一月は文化の日があるけど、来られないか？　四日の金曜を有休にするとかして」

「無理かな。もう埋まっちゃってる。テニスの大会があるのよ、その日に」

「文化の日に、スポーツの大会？」

「スポーツも文化の一つよ」

「なるほど」

「豊士は、来られない？」

「難しいかな。前から行こうと思ってたけど、いろいろあってさ」

いろいろって？と訊かれるかと思ったが、訊かれない。結局、おれは大阪に行ってない。行くつもりではいたが、美月の件でとてもそれどころではなかったのだ。

「じゃあ、年末だね」と万由。

「そうだな」とおれ。

「もう戻るから切るね」

「悪いな、休憩の邪魔して」

「仕事の邪魔は困るけど、休憩の邪魔はいいわよ。じゃあね」

「じゃあ」

そして電話は切れる。万由が先に切る。ツー、ツー、という音をやはり四度聞いてから、パタンとガラケーを閉じる。区切りがついた感じは、あまり味わえない。まず、三分も話してない。スマホに替えてＬＩＮＥの無料通話なんかにすれば、もっと話すのか。

ガラケーをチノパンのポケットに戻し、コインパーキングのアルトに戻る。ディランがおれを待ってる。『いつもの朝に』をまた聴こう。アルトに揺られながら、気持ちも揺さぶられよう。

と、そう考えたところで思う。

ディランしかおれを待ってないのだな。

「よろしくお願いします」と言われ、

「よろしくお願いします」と同じ言葉を返す。

渡された教習原簿によれば。麻生七八《あそうななや》、二十二歳。AT限定ではない。

「もう大学四年で就職も決まってるんで、早く免許とんなきゃマズいんですよ。これまで何度かとろうとしたんだけど、そのたびに何かあってとれなくて。呼び方は、益子先生でいいですか？」

「益子さんでいいよ」

「わかりました。じゃ、益子さんで」

おれも、敬語はなしと決める。おれ以上にくだけたこういうタイプはやりやすい。かまえなくていいから楽だ。

「じゃあ、今日は、技能教習第一段階の一時限目、模擬運転教習ね。本物の車を運転する前に各部分の名前や操作を知っておこうってやつ」

「やったことがありますよ。ゲーセンのレースゲームみたいですよね」

「やったことがあるっていうのは？」

「前に一度教習所に通ってて、期限切れになっちゃったんですよ。えーと、九ヵ月でしたっけ」

「そう」

「大学二年から三年にかけてですかね。おれ、体育会のサッカー部なんですけど、そのころからレギュラーになって、何か忙しくなっちゃって」

「で、期限切れ？」

「はい」

「体育会って、そんなに忙しいんだ？」

「まあ、そうですね。部の練習のほかに自分でトレーニングとかもしますし。レギュラーになったからには、やっぱ外されたくないんで」

　短めの髪。日焼けした顔。締まった体。いかにもスポーツマンだと思ったが、本当にスポーツマンだったのか。

　模擬運転教習は二度め。しかも体育会の男子。麻生七八は、こちらが出す指示のすべてを軽くこなした。林田佳世のようにウインカーとワイパーをまちがえることもなかったし、加速をこわがることもなかった。言われたことは一度で覚え、時速三十キロならその三十キロを確実にキープした。だからこちらも時間をもて余してしまい、自然と雑談も増えた。

「麻生くんは、前もウチに通ってたの？」

「いえ。前は大学の近くでした。送迎バスがキャンパスまで来てくれるんですけど、部のグラウンドはそこから離れたとこにあるんで、めんどくさいんですよ。バスに乗ってる時間も長いから、無駄も多くて。で、今日はいいや、になってるうちに期限切れです」

「今回はだいじょうぶ？」

「はい。もうさすがにヤバいんで、ここにしました。家、みつばなんですよ。だから近いです。トレーニングがてら走っても来られますよ」

「まあ、余裕を見て、がんばってよ。年内にはとるぐらいのつもりで」

「そうですね。ほんと、年内にはとりたいです。実は夏に合宿でとる気でいたんですよ。部の練習をちょっと休んで。でも無理でした」

「休めなかったとか？」

「いえ。骨折しちゃいました」

「あらら」

「右足の甲のとこなんですけど。さすがにアクセルもブレーキも踏めないんで、あきらめるしかなくて」

「治ったの？」

「はい。ようやく。今は必死ですよ。ポジションをとり返さなきゃいけないから」

「ポジション、どこ？」

「フォワードです」

「あぁ。そんな感じ、するね」

「します？」

「うん。ディフェンダーって感じではないよな」

「よく言われますよ、お前に守りはまかせられないって。守りもちゃんとやるんですけどね。フォワードも」

「大学で二年からレギュラーなんてすごいね」

「ツキもあったんですよ。四年生のフォワードがケガして、代わりにつかわれたら結構やれたんで。だから、自分もケガして、ちょっとこわいんですよ。下手したらポジションをとられることもわかってるから」

「チームは強いの？」

「そこそこですかね。弱くはないけど、トップまではいけないです。とにかく、もうケガをしないように気をつけますよ。次やったら、サッカーもヤバいけど、免許がヤバい。在学中にとれない、なんてことになりかねないですから」

と、まあ、こんなふうに、教習生は次から次へと入ってくる。毎週入ってくる。で、ようやく名前を覚えたなぁ、というころには卒業していく。

ヴェゼルの川口成巳もこないだ卒業した。その際、教官宛にメッセージを書いてもらうのだが、成巳はその相手に良太を選んだ。

津村先生にはかなり鍛えてもらいました。むしろ運転以外の部分で鍛えられた気がします。これから入ってくる教習生のことは鍛えすぎないようにしてください。でもありがとうございました。

でも、というのがよかった。あいつふざけやがって、と良太は笑顔でおれに言った。これ、ちょっとクレームっぽくないですか？　見ようによっては悪口ですよ。運転以外のことなんか教えてねえっつうの。

名前を覚えた教習生では、ほかに野地萌花も卒業した。おれがそれとなく美月のことで質問した萌花。一刻も早く子どもをつくりたい友だちがいる萌花だ。

その友だちを、萌花は本当に四葉自教に紹介してくれた。その子は今、良太に指名予約を入れてる。子どもより先に免許、にしたようだ。

で、この日、七八の次の時限におれが教習を持ったのは、臼井しのさんだった。

おれへの指名予約は二度めだが、しのさんはもう入所して三ヵ月近くになる。なのに、まだ第一段階のS字とクランクのあたりをウロウロしてる。比喩的な意味でもそうだが、しのさんは現場でもウロウロしてしまう。今でもたまにセンターラインを越えてしまうし、縁石《えんせき》にも乗り上げてしまう。

その教習でも、しのさんは言う。

「S字とクランクって、これ、いやがらせだよね。外にこんな場所、あるかい？」

「外にはもっとおかしな場所がいくらでもありますよ。いきなりの行き止まりで、長い距離をバックで戻らなきゃいけないとか、ぎりぎりの細い隙間を通らなきゃいけないとか」

「いやだいやだ。脅かさないでよ」

「脅しじゃないです。ほんとにそういう場所はあるから、いつ出くわしてもいいように、今のうちに慣れておきましょう。鍛えておきましょう」

「わたし、もう何時間も鍛えてるんだけどね」

「何時間でも鍛えましょう。鍛えすぎることはないですから」

「免許とるのって、時間がかかるんだね」

その声音に不安が滲《にじ》む。不安というよりは、不満か。だがそこまで。もうやめようかな、にはならない。しのさんはこう続ける。

「だけど、まあ、こんなでも、気分転換にはなるか。家にいると、どうしてもぶつかっちゃうからね」

このしのさんならいいかと思い、軽い気持ちで訊いてしまう。

「ぶつかるって、ご主人とですか？」

「いや。嫁」

「あぁ」

失敗。地雷を踏んだ。

「嫁と姑《しゅうとめ》には、いろいろあんのよ」

「そう、なんでしょうね」

「その口ぶりからすると、あんたのとこにはない？」

「ないです。まず、独りなので」

「あ、そうなの？」

「はい」

それで終わるかと思ったが、終わらない。しのさんは鋭い。

「ずっと？」

「えーと、ずっとでは」

「そうなんだ。よくないことを訊いちゃったね」

「いえ、だいじょうぶです。ただ、次男だから、独りじゃなかったときも、親と同居はしてませんでしたよ」

「そうか。ならよかったね」

「よかったかどうかは、わかりませんけど」

「嫁がいてくれるだけ幸せだと、わたしは思わなきゃいけないね。でなきゃ、あんたにもあんたの親御さんにも失礼だ」

そんなことを言って、しのさんは再びS字とクランクに挑む。どちらにも、見事にはね返される。縁石に乗り上げるどころか、植木をかすめもする。ごめんね、とおれに言う。ドンマイです、とおれも言う。

しのさんには、美月同様、がんばってほしい。美月より五十二歳も上だが、それでもがんばってほしい。

で、この日の最後、十時限目には、ちょっと驚かされることがあった。林田佳世が復帰したのだ。そう。まさに復帰。

「わたし、ここんとこずっと休んでたんですよ」

「みたいだね。原簿を見ると」

「だから、いろいろなことを忘れちゃってます」

「そうなっちゃうから、できればあまり間は置かないほうがいいんだけど」

林田佳世は、時速二十キロで教習車を走らせながら言う。

「ねぇ、益子先生」

「はい？」

「わたし、カレシと別れちゃいました」

「そうなんだ」

それだけ。もちろん、こちらからは何も訊かない。それ以上のことを言ってほしくもない。

だが予想どおり、林田佳世は言う。

「重いって言われました。おれのために免許とるとか、そういうのは重いって」

「あぁ」

「重いですか？」

「どうなんだろう」

「益子先生はどう思います？　カノジョにそう言われたら、重いと感じちゃいます？」

「いや、むしろうれしいんじゃないかな。運転してもらえるならたすかるし」

「教官さんなのに、ですか？」

「教官さんだからこそ、だね」

「そうかぁ。毎日こうやって車に乗ってるんですもんね」

「乗ってるだけで、運転は林田さんたちにしてもらってるけどね」そして続ける。「どう感じるかは人それぞれじゃないかな。置かれた状況によっても変わるだろうし」

無難なことを言ったな、と思う。これじゃ美月の学校の教師たちみたいだ。

「とにかく別れたんで、免許をとる理由がなくなっちゃったんですよ。だから、やめちゃおうかとも思いました。でも、ここまでやったのにもったいないなぁ、とも思って。お金、結構払ってるし」

「そう、だよね」

「で、考えに考えて、やめるのをやめました。カレシのために免許をとろうとして、そのカレシと別れたからやめるとか、そんなのバカみたいだから。免許は、とります」

「よかった。確かにここでやめたらもったいないよ。ただね」

「はい」

「別れたから免許をとるのをやめる。それはバカみたい。だからとる。と、そうじゃなくてもいいんじゃないかな」

「え？」

「車に乗れたら、楽しくない？ もちろん、安全運転はしなきゃいけない。事故は起こさないように気をつけなきゃいけない。でもさ、行きたいところに車で行けるのは楽しいよ」

「わたしはまだこんなだから、楽しめるとこまで行けてないですけど」

「なら行こう、楽しめるとこまで。今だって、林田さん自身が気づいてないだけで、ちょっとは楽しんでるはずだよ。まったく楽しくなかったら、また乗りに来ようとは思わなかったんじゃないかな」

林田佳世は黙る。そしていつものように停止線の遥《はる》か手前で教習車を停める。もうちょっと前で停まろうか、とおれが言うより先に言う。

「益子先生」

「はい？」

「お上手」

# 十一月　アイ・リアリー・ドント・ウォント・トゥ・ノウ

「美月は退学させます」とそれが美鈴の第一声。「今日はその書類を出しに来ました。今ここで書いて、お出しします」

「そうですか」と清瀬校長が言う。「美月さんも、それでいいと？」

「はい」

「お気持ちは、変わりませんか？」

「変わりません。美月もわたしも」

おれもだ。

「わかりました。残念ですが、しかたないですね」

言うほどの残念感はない。あるのかもしれないが、こちらに伝わってはこない。

清瀬校長と担任の久我と、美鈴とおれ。今日は二対二だ。美月がいないので、養護教諭の大倉もいない。場所は前回と同じ、校長室の隣の応接室。土曜日ではない。木曜日。美鈴がおれの休みに合わせてくれた。自身は半休をとった。

午後四時半。土曜とはちがい、学校には活気がある。多くの部が活動してるらしく、様々な声や音が聞こえてくる。運動部員たちの声や各種打球音。音楽室からは楽器の音。クラリネットだのフルートだのが出すウォーミングアップ音だ。まだ曲にはならない。帰宅部だったおれでさえ、懐かしく思う。美月はもうここに来ないのだな、とも思い、さびしさを覚える。会社をやめた経験ならおれにもあるが、学校をやめた経験はない。それはやはり大ごとだろう。多くの者たちが、入学し、卒業する。そのほとんどが、退学はしない。

久我が用意した退学願の用紙に、美鈴が必要事項を記入する。そう。願。届ではない。知らなかった。退学する側から学校長にお願いするのだ。やめさせてくださいと。おれは横からそれを眺める。美鈴の字は相変わらずきれいだな、と場ちがいなことを思う。

「美月さん自身が決断されたのなら、それを尊重するしかありません」と清瀬校長は言う。

前回よりも舌が滑らかになった感じがある。内心、ほっとしてるのだろう。よかった、一つ片づいた、と。

今回、美鈴は一人でここに来るつもりでいた。退学を決めたことを伝えるためにかけてきてくれた電話でおれに言った。学校、行かないでしょ？　行くよ、とおれは言った。自分でも意外だったが、あとになっても考えは変わらなかった。行くべきだ、と思えた。ただ、もう美月を清瀬校長や久我に会わせる必要はない。髪をショートにした美月を教師たちに見せてやる必要もない。

その美月の顔は、おれもしばらく見てない。先月のあの岳事件以来、美月はおれに会ってくれないのだ。電話にも出てくれない。これ以上きらわれたくないので、電話は二、三日に一度しかかけない。留守電にメッセージも残さない。最初のときに、こないだはごめん、またかけるから、と残しただけだ。

美鈴が退学願を書き終え、ハンコを押す。岡、のハンコだ。漢字一文字なので、どことなくかわいらしい。

「ではこれを」と美鈴が退学願を清瀬校長に向ける。

「美月さんが元気な赤ちゃんを産まれることを我々も願っていますよ」と清瀬校長が言い、

「クラスの子たちも最後にもう一度美月さんに会えなくて残念がってました」と久我が言う。

余計なことは言わないでくれ、と思う。そっちの望みどおりになったんだからいいだろ、と言いそうになる。そうは言わずに言う。努めて冷静に。

「美月はそう残念でもないと思いますよ」

美鈴が驚いておれを見る。だが驚くだけ。たしなめはしない。

清瀬校長は例によって落ちつきに満ちた無表情。久我は美鈴同様、驚いてる。あとで同僚の教師たちに言うのかもしれない。父親、最後っ屁《ぺ》をかましてましたよ、とか。離婚してるからもうあれこれ言う権利はないんですけどね、とか。

まあ、何でもいい。最後にちょっとだけモンスターになれた。学校にしてみれば、痛くもかゆくもないだろうが。

美鈴と二人、ソファから立ち上がり、礼をして、応接室を出る。学校も出て、駅へと向かう帰り道、美鈴はおれに言う。

「あぁ。美月、高校生じゃなくなっちゃった。所属先が、なくなっちゃった」

「幼稚園に入る前に戻ったと思えばいいよ」

「思えると思う？」

「思わない。でもさ、若いお母さんてのは魅力だろ。子どもが成人したとき、まだ三十七だぞ。美鈴も、えーと、六十四だ。その先、ひ孫だって見られるかもしれない」

「見たいけど、美月の娘は高校生のときに産んでくれなくてもいいわよ」

「そうか？　産んでくれても、よくないか？」

学校の応接室にいたときのように、美鈴がおれを見る。並んで歩いてるから、顔が近い。そのことにちょっとたじろぐ。

「そうね」と美鈴は言う。「いいかも。かもじゃなくて、いいと思わなきゃダメよね、わたしたちは」

わたしたち。そこに自分が含まれてることが心地いい。

四日後。おれは再び高校へと出向いた。今度は一人で。愛車の六代目アルトで。

四日後になったのは、おれが三勤一休だから。次の休日を待った結果だ。

不運にも月曜だったので、前夜は、日曜定休の『ソーアン』に行けなかった。そんなときの常として、アパートで一人で飲んだ。『ソーアン』で飲むときと同じように、ビールとウイスキー。『ウィスキー・イン・ザ・ジャー』や『フライング・ハイ・アゲイン』を聴きもしたが、今一つ楽しめなかった。

その月曜は、午後二時半にアパートを出て、アルトに乗った。今は三時すぎ。高校の前の道に駐めたアルトのなかにいる。運転席に座り、いつでもエンジンをかけられる状態。駐車違反ではない。反対車線だから、右ななめ前に校門が見える。生徒たちは、皆そこから出てくる。自転車通学の子も、電車通学の子も。深谷陸は電車組だ。

つまりそういうこと。おれは高校に出向いたが、敷地に足を踏み入れる気はない。外に車を駐め、眺めてるだけ。かなりあやしい。駐めた車のなかから高校の校門の様子を窺う四十五歳のおっさん。あやしいどころじゃない。せめて女子生徒を狙ってるのでないことはわかってほしい。狙いは男子生徒だ。そう言うと、もっとあやしいか。

自分では刑事か探偵かぐらいのつもりでいる。これが何日も続くようじゃマズいが、今日だけならだいじょうぶだろう。高校前に駐まるナゾのアルトとして生徒たちや近所の人々の記憶に残ることもないだろう。そのためにも、おれ自身、今日だけにしたい。今日、深谷陸と会いたい。

陸自身の電話番号は知らなかったから、こうするしかなかった。おれが知ってるのは深谷基行の番号だけ。それは早い段階で美鈴が教えてくれた。おれが知ってることは、もちろん、基行自身も知ってる。美月に訊けば陸の番号もわかるはずだが、訊くことはできない。いくら何でも、不審に思うだろう。今の状態で教えてくれるはずもない。

別に謝らせたいわけじゃない。ただ、声を聞きたい。美月の妊娠や退学についてどう思うのか、陸自身の声を聞きたい。両親を交えてでなく、一対一で話したい。幸い、顔はわかる。皆と同じ制服を着た状態ですぐにわかるかは微妙だが、たぶん、わかると思う。

三時二十分を過ぎたあたりで、生徒たちが何人も校門から出てくるようになった。三時半すぎにピークがきて、ちょっとあせった。一人一人を追いきれなくなったからだ。そのピークを過ぎた三時四十五分ごろに、待ち人は現れた。

「陸」と車内で思わずつぶやいた。自分が一目でわかったことに驚いた。

ただ、陸は一人ではなかった。連れがいたのだ。それも男子じゃなく、女子の連れが。二人は一緒に校門から出てきた。並んで歩きながら、楽しそうに話してた。

陸の笑顔を初めて見た。あのファミレスでは一度も見られなかった笑顔だ。美月の妊娠がわかってからは四ヵ月。そりゃ笑いもするだろう。女子としゃべりもするだろう。だが、もうそうなのか？ と思う。思ってしまう。

どうしようかと一瞬迷う。ここを逃したら次はない。また四日待つつもりはない。ナゾのアルトのおっさんになるつもりもない。

　おれは素早く車から降り、小走りに車道をななめに渡った。横断歩道がある場所ではないから、交通違反といえば交通違反。だが歩行者としてなので、そこは許してほしい。ドライバーとして車から遠く離れるつもりはない。すぐに戻って運転できる距離はキープするつもりだ。

　歩道に上がり、女子と並んで歩く陸の背中に声をかける。

「深谷くん」

　振り向いた陸はやはり笑顔だ。会話の途中だからしかたがない。その笑顔が、サッと怪《け》訝《げん》な顔に変わる。気づいたのだ、おれが誰なのか。

「あぁ。岡の」

　その先の言葉は省かれた。女子の前だから省いたのか。おれを何と呼べばいいかわからなかったから省いたのか。何にしても、岡。名字。美月、ではないわけだ。

「ちょっと話せないか？　長くはかからないから」

「えーと、はい」

　隣の女子がぽかんとした顔でおれを見る。きれいな子だ。ただし、ちょっと派手。いくらか化粧をしてるように見える。今そうだということは、授業中もそうだったということだろう。それとも、下校前に仕上げたのか。

「じゃあ、そっちで」とすぐ先の角を手で示す。

「あぁ。はい」そして陸は女子に言う。「歩いてて。追いつくから」

陸と二人、角を左に曲がり、数メートル進んだところで立ち止まる。学校の敷地沿いの小道だ。話すのに適した場所ではないが、人の流れからは外れる。

一メートルほどの距離をとって向かい合う。もうアルトは見えない。駐車違反、成立。

「いきなりで悪かった。電話の番号とかメールのアドレスを知らないんでな」

そうですよね、という感じに陸がうなずく。

「美月と連絡をとり合ったりは、してる？」

「いえ。全然」

「ほんとに？」

「はい」

安心する一方で、それもどうなのかと思う。陸自身は当然だと思ってるようだ。連絡をとり合ってほしくないとおれが思ってる。そうとらえてるらしい。

「連絡をとるなと、お父さんお母さんに言われた？」

「言われてないです」

うそかもしれないし、本当かもしれない。わからない。だが連絡をとり合ってないのは本当だろう。おれが美月に直接訊けばわかることだし、直接訊けると陸も思ってるはずだ。

「美月が学校をやめたことは、知ってる？」

「はい」

「どう思ってる？」

「えーと」

陸の顔をじっと見る。

陸はおれの顔を見て、目をそらす。

「いや、別にさ、深谷くんを責めようってわけじゃないんだ。どう思ってるのかをただ知りたいだけ」

「何ていうか」

待つ。先を促しはしない。ただ待つ。

「悪いとは、思ってます」

「じゃあ、美月が子どもを産むと決めたことは、どう？」

「まあ、岡さんが、自分で決めたことだから」

ことだから、しかたない？

「美月は美月で、考えに考えて決めたことなんだ。それはわかってくれよな」

「はい」

「わかってくれればそれでいい。もう行くよ。邪魔したね」

「あ、はい」

陸と二人、もとの広い道に出て、別れる。おれはまたななめに車道を渡り、アルトへと戻る。よかった。警察も見逃してくれた。今の二、三分でキップを切られてはたまらない。

車に乗り、すぐにエンジンをかける。発進。行きはディランをかけたが、帰りはかけない。無音で考えたい。たまにはそんなときもある。

本当に、長くはかからなかった。これなら陸も、あの派手な女子に追いつけるだろう。追いついたら、何を話すのか。参ったよ、岡の親父、こんなとこまで来やがった、と言うのか。岡のことをどう思うか訊いてきたから、テキトーに答えといたよ、とも言うのか。

陸が楽しく暮らしちゃいけないわけじゃない。女と付き合っちゃいけないわけでもない。それはわかってる。今の形を望んだのはウチらだ。陸を縛るようなまねはしたくない。美月だけが苦労するなんて不公平だろ、と無様な泣き言も言いたくない。本音を言えばぶっ飛ばしたいが、ぶっ飛ばさない。会えたことで、ふんぎりがついた。陸が義理の息子にならなくてよかった。そう思えた。

そしてこの日の夜。おれのガラケーに電話がかかってきた。深谷基行からだ。

「もしもし」

「もしもし。深谷です。夜分にすいません」

「いえ」

「今、だいじょうぶですか?」

「はい」

「あの、昼間、陸に会ったんですか？」

「会いましたよ」

「そうやって直接会ったりするのは、やめてもらえませんか？　慰謝料ならお支払いしますから」

「慰謝料」

「はい」

「慰謝されることなんて何もないよ。好きで産むんだから」

「ですが、一応」

「そんなもんいらない。こっちはこっちでやりますよ」

美月と美鈴のためにもらうべきなのか？　と思う。が、すぐに思い直す。もらうべきじゃない。美鈴もほしいとは言わないだろう。金が入用なら、おれが出せばいいのだ。

「もう会わないから、心配しなくていいです。一度、陸くんと二人で話してみたかったんですよ。あくまでもおれの独断。勝手に動いただけです。美月も美鈴も、おれがこうしたことは知らない。関わってない。ほんとですよ」

「それは、まあ、はい」

「陸くんにも言っといてください。あのおっさんはもう来ないからだいじょうぶだと」

「いや、あの」

「ねぇ、深谷さん」

「はい？」

「陸くんにも言ったけど、美月は美月で、考えに考えて決めたことなんですよ。それはわかってください」

「あぁ。はい」

「わかってくれればそれでいいです。とにかくもう陸くんに会ったりはしないんで、ほんとにご心配なく。それじゃあ」

「あぁ。では」

電話を切る。おれが切る。ツー、ツー、という音は聞かず、パタンとガラケーを閉じる。区切りがついた感じがする。自分がつけた感じがする。

気分がいい。つまらない電話がかかってきたことでは気分が悪いが、うまく片づけたことでは気分がいい。

模擬運転教習からは一ヵ月が過ぎてるのに、まだ第一段階の四時限目。技量不足で規定時限をオーバーしてるわけでもないのに、四時限目。

ということで、おれは麻生七八に言う。

「あのさ、わかってると思うけど、期限は九ヵ月だからね？　学科の一時限目を受けた日から第二段階の最後のみきわめをとるまでで九ヵ月だからね？」

「わかってます。それはだいじょうぶですよ。入ったのが先月だから、半年の時点でもう就職がきちゃいますし」

「でも、ほら、人生には何があるかわかんないからね」

　本当に何があるかわからない。手放した娘が十七歳で妊娠したりするのだ。皮肉にも、それがきっかけでまた会えたりもするのだ。そして見事にきらわれたりもするのだ。そう。美月はまだおれをきらってる。まだ電話に出てくれない。おれも、もうあまりかけない。骨の髄まできらわれたくはないから。

「確かにわかんないですね」と七八は言う。「かなり意外なんですけど、今年、ウチは強いんですよ。サッカー部」

「意外なの？」

「意外です。ここまで強いとは思いませんでした。こないだは、弱くはないって言いましたけど、今は、はっきりと強いです。おれも、結構、点とってますよ」

「レギュラーに戻れたんだ？」

「戻りました。気合を入れてがんばりましたよ」

「免許も、気合を入れてがんばろうよ」

「そうですね」と七八は笑う。「けど、インカレが見えてきたから、練習も厳しくなっちゃって」

「インカレ？」

「えーと、全日本大学サッカー選手権大会、だったかな」

「全日本、がつくんだ？」

「ですね。全国規模。デカい大会です」

「麻生くん、そんなにうまかったのか」

「うまいっていうか、そこそこです」

「もしかして、プロになれるとか？」

「いやいや、そういうんじゃないです。プロなんか無理ですよ。だから普通に就職も決めましたし。何度か練習試合をやったことがありますけど、プロはマジでうまいです」

まあ、そうなのだろう。プロのミュージシャンがマジでうまいのと同じだ。プロとアマには、やはり大きな差がある。一日二十四時間練習したからって、誰もがプロになれるわけではないのだ。一日三十時間練習できたとしても、誰もメッシやジミヘンにはなれない。

そして同じ日の午後。例の臼井しのさんがまたおれに指名予約を入れてくれた。

それ自体はうれしかったが、渡された教習原簿を見て驚いた。前回おれと乗ったあのとき、その次がこの時限だったからだ。しのさんも、七八同様、一ヵ月近く間を空けてしまったことになる。

「今日は久しぶりなんだよ」

「そうみたいですね」

「用があったわけじゃないんだけど、何か、行くのが億劫になっちゃってさ」

そんな教習生は多い。どこかで壁にぶつかり、そのまま何となく遠ざかってしまうのだ。教習所は学校とちがい、休みます、と連絡する必要がない。自分で動かない限り、進んではいかない。誰が進めてもくれない。キツい言い方をすれば。あなたが免許をとろうがとるまいが、そんなの知ったこっちゃないから。

で、行かないことに慣れてしまうと、案外ズルズルいく。まさに行くのが億劫になってしまう。そのうちに、乗車感覚、運転感覚も鈍ってしまう。悪循環だ。確かに、詰めこみすぎるのはよくない。行き詰まったら立ち止まることも必要。だが立ち止まりすぎてもいけない。どこかで自分に鞭《むち》打つことも必要なのだ。空ける間は、せいぜい一週間。それが限度かもしれない。

「運転がここまで難しいとは思わなかったよ。見てると、みんな、スイスイ乗ってるからさ。なかには、電話しながら運転してる、なんて人もいるだろ？」

「それは違反です。見つかったらキップを切られます」

「そうだったね。まあ、わたしはだいじょうぶ。とてもじゃないけど、そんな器用なことはできないから」

「できなくていいんですよ、それは」

「もうさ、あんたで三人めだよ。教官さん。最初は受付の、えーと、陽南子ちゃん、あの子にすすめられた加島さんにしたの。あんたより歳上だろ？」

「そうですね」

「すごく丁寧に教えてくれたよ。でも、それでできない自分がいやになっちゃってさ、もうちょっと厳しくしてもらおうと思ったの。で、陽南子ちゃんに言ったら、今度はあの若い子を紹介してくれた」

「良太ですか？　津村」

「そう。津村くん。あの子はスパルタだね。厳しくしてよって言ったら、ほんとに厳しくした。もうちょっとで、高齢者を敬いなさいよって言うとこだったよ。ただ、それでもやっぱりうまくならない。もう陽南子ちゃんに迷惑をかけるのも悪いんで、三人めは自分で選ぶことにしたの。それがあんた、益子さん。ほら、壁に貼ってある紹介のあれを見たんだよ」

「教官プロフィール、ですか？」

「それかな。顔写真を見て、歳が加島さんと津村くんのあいだぐらいかと思って決めた」

「あいだといっても、ずっと加島寄りですよ」

「そうなの？　いくつ？」

「四十五です」

「へぇ。まだ四十ぐらいかと思ってた」

「お、うれしいですね」

「そんなんで喜んじゃダメよ。四十を過ぎたら、男は歳相応の顔になんないと」

「確かに」

そして踏みこんだ質問がくる。

「こないださ、今は独りだって言ったじゃない。お子さんは、いないの？」

「えーと、います。娘が」

「いくつ？」

「今十七です」

「一緒に暮らしてないんだ？」

「はい」

「それはツラいね」

「もう長いんで、慣れましたけどね」

そう言うしかない。実際には、慣れない。痛みは常にある。それへの耐性がついただけ。帯状疱疹の痛みもツラいけどその痛みも相当ツラいですよ、とも言いたくなる。親世代だが親ではないこのしのさんになら言ってもいいんじゃないか。そんな気にさえなる。

そこへ今度はこんな質問がくる。

「でさ、ロックって、何？」

「え？」

「ほら、趣味のとこに書いてあったろ？　ロックって」

「あぁ。音楽ですよ。ロック音楽の、ロック」

「あの、うるさいやつ？」

「まあ、うるさいんですかね。おれが好きなのは、そんなにはうるさくないやつですけど。いや、でも、臼井さんにはうるさいかな」

「で、ほら」としのさんは話を戻す。「津村くんのときもダメだったS字とクランクをあんたにも見てもらって。やっぱりダメだった」

　そのとおり。ダメだった。前回のあの教習で、おれはしのさんの原簿にハンコを押さなかった。良太のときから数えて三度めだとわかってはいたが、まだ押せなかった。しのさんはS字とクランクで引っかかってる。正しく言えば、S字でもクランクでも引っかかってる。

　四度めの今日も、前半の二十五分を見る限り、ハンコは押せそうにない。一ヵ月のブランクのせいで、前よりひどくなってる。

「あんたも前の二人も一生懸命やってくれたのはわかってるんだよ。でも、やっぱりこの歳じゃ無理なのかねぇ」

「無理なんてことはないですよ」

「それこそ無理しなくていいよ。正直、めんどくさいと思ってるでしょ？」

「めんどくさいなんて思いませんよ」

「めんどくさいじゃなくて、むしろ楽なのか。何時間も余計にかかって、お金も儲けられるから」

「いや、そんな」

教習はすでに五分以上中断してるが、しかたない。ここは大事なところだ。おれとしのさんは、話さなきゃいけない。

「ごめんね。いやなこと言った。本気でそんなふうに思ってるわけじゃないんだよ。でも、どうにもうまくいく感じがなくてさ。逆に間を置いたらうまくいくかと思ってそうしてみたんだけど、全然ダメだね。いろんなことを忘れちゃってるよ」

「間を置いたら誰でもそうなりますよ。それは臼井さんだけじゃないです。結局ね、慣れなんですよ。お歳を召されたかたの上達が遅いのは当たり前です。もっと言うと、慣れるのも遅いです。でも続けていけば、どこかで必ず慣れます。これは不思議なんだけど、長く乗ってれば、いつかコツをつかむときがくるんですよ。はっきり今とはわからなくても、いつの間にかつかんでたりする。あとでわかります。あぁ、あのころだったんだなって。そのあのころを目指して、がんばりましょうよ」

「あんた、うまいこと言って、わたしをだまそうとしてない？」

「うまいことは言ってます。でもだまそうとはしてません。だまそうとするなら、もうちょっとうまいことも言えますよ。でも言いません。おれが振り込め詐欺をやるやつみたいに見えますか？」

「見えない。かどうかわかんないよ。見たことがないし。これからも見ないままいきたいよ」

「そうですね」と笑う。「それは、見ないままいきましょう。気をつけましょう」

「まあ、とられるお金もないけどね」

「いや、ご謙遜《けんそん》を。と、それはいいとして。とにかく、もうちょっとがんばりましょうよ。おれもね、臼井さんに免許をとらせたいんですよ。六十九歳の女性が免許をとったらカッコいいですよ。それはもう、何ていうか、ロックですよ。ロックの世界ですよ」

しのさんはきょとんとする。無理もない。おれにも意味がわからない。何だよ、ロックの世界って。

さらにおれは、前に川口成巳に言ったことをしのさんにも言う。

「教官が教習生に免許をとらせたくないはずないんですよ。どんなに上達が遅くても、めんどくさいなんて思わないですよ。しのさんにどう見えるかわからないけど、おれらは敵じゃない。味方ですよ」

わたしじゃなく、おれ。それは前回も言ったが、臼井さんをつい、しのさんとも言ってしまった。教官は常に紳士たれ。やはり実践はできない。もう、それを標榜《ひょうぼう》するのはやめようかと思う。

「あんた、変な人だね」

「そう、ですか？」

「写真を見たら、もうちょっとまともな人かと思ったんだけど」

「あぁ。すいません。自分ではまともなつもりなんですが」

「でも、そうだね。ここまで時間をかけたんだから、やめちゃもったいない。あとはもう何時間でもかけるつもりでやってみるよ。どうせ今日だって、ハンコはくれないでしょ？」

「そうなっちゃうかと」

「そりゃそうだよね。こんなにおしゃべりしてんだから。これでハンコを押しちゃったらマズいよ」

そう言って、しのさんは笑う。

臼井しのさん。マジでがんばってほしい。マジで免許、とらせたい。

早番のその日、最後の教習を終えると、おれは受付に行って、小西陽南子としのさんの話をした。

「加島さんのあとは、良太をすすめたんだって？」

「はい。厳しい人がいいと臼井さんがおっしゃったので。タイプがまったくちがうほうがいいかとも思って」

「今度はおれになったよ」

「わたしも驚きました。臼井さん、ご自分で指名予約をなさったんですね」

「うん。小西さんに訊いてやり方を覚えたって言ってた。でも手を煩《わずら》わせないよう自分で選んだんだって。それがまさかおれとは。マズいよ、非力ぶりがバレる」

「次誰かを紹介してほしいって言われたら、わたし、益子さんにするつもりでしたよ」

「そうなの？」

「はい。益子さん、ご高齢のかたからの評判もいいので。最後の切札にとっておきました」

「よく言うよ」

「ほんとですよ」

「もしそうなら、最後じゃなく、最初に出すでしょ」

「ここだけの話、所長に言われたんですよ。ご高齢のかたが苦労してたら益子くんにまわしなさいって」

「うそだよ」

「うそじゃないですよ。所長、ほめてました。益子くんはちょうどいいんだって」

「それ、ほめてる？」

「ほめてますよ。バランスがいいってことじゃないですか」

「うーん」

それはそれで、変なプレッシャーだ。どこかに勘ちがいがある。ちょうどいい人間は、娘と同じマンションに住む子に突っかかったりしない。娘にきらわれたりしない。

「で、そう。まさにちょうどよかった。益子さんに話があったんですよ」

「ん？」

「今日、もう上がりですよね？」

「そう」

「今、津村さんも来ますから、ちょっと待っててください」

良太もおれと同じ早番。出勤と退勤の時間はいつも同じになる。

実際、すぐにやってきた。

「あ、何だ。いないと思ったら、益子さん、ここにいんじゃん」

「じゃあ、わたしも休憩に」

陽南子は周りに一声かけ、受付カウンターの外に出た。三人で階段を上り、二階へ。

職員用の休憩室に行くのだろうと思ったが、ちがった。行ったのは逆方向。この時間はつかわれてない会議室の前だ。多目的につかわれる部屋だが一応はその名称になってる会議室。その前。廊下のつきあたりだから、人は来ない。

「こんなとこで話してたら、三角関係のもつれか何かだと思われるよ」とおれが言う。

「じゃ、そう思わせましょう」と良太。

「誰も思いませんよ」と陽南子。

まあ、そうかもしれない。良太と陽南子ならともかく、おれと陽南子はない。歳の差があり過ぎる。おれがおっさん過ぎる。

「陽南っちが言いな」と良太が言う。「見たのは陽南っちだから」

「見た？」とおれ。

「はい」と陽南子が受ける。「加島さんのことなんですけど」

「加島さん。が、何？」

「わたし、見ちゃったんですよ。加島さんが教習生さんと一緒にいるのを」

「所内じゃなく、外でってこと？」

「はい。二人でいるのをってことです」

「ということは、女性？」

陽南子がこくりとうなずく。

「誰？」

「池沢さんです。池沢蘭さん。わかりますよね？」

「わかる。教習を持ってるし。で、何？　その池沢さんと加島さんが、二人でいたの？」

「はい。みつば駅前に大型スーパーがありますよね？　そこのハンバーガー屋さんに二人でいるのを見ちゃいました。わたしはみつばからJRで帰るので、たまに寄るんですよ。そしたら」

「見ちゃったわけだ。小西さんも、店にいたの？」

「いえ。前を通りかかりました。あそこ、ガラス張りになってて、そこにカウンター席があるんですよ」

「その席に、いたんだ？　加島さんと池沢さんが」

「はい。わたし、たまたまその前を通ったんですよ。驚いて、つい立ち止まっちゃいました。たぶん、気づかれなかったと思います。二人とも、こっちを見てなかったし」

「うーん」

やるな。加島さん。数いる若い教習生のなかでも、池沢蘭。目のつけどころがいい。

などとのんきなことを言ってる場合でもない。ないが、こうも思う。

「ハンバーガーぐらい、食うでしょ」

「でも二人でっていうのはマズくないですか？」と陽南子。

「カウンター席でってのはマズいですよ」と良太。

「何で？」

「テーブル席よりずっと親密な感じがしますよ、横に並ぶのは」

「あぁ」

「おれだって、好きな子と飲みに行くならテーブル席じゃなくカウンター席にしますもん。教習車とちがって、あいだにシフトレバーがないだけで距離はぐっと詰まるもんですよ」

「どうしようかと思って、わたし、津村さんに相談したんですよ」

「で、おれじゃどうしようもないから、益子さんに相談することにしたんですよ」

「何でおれだよ」

「だって、益子さん、加島さんとわりと親しいじゃないですか」

「わりとな」

そう。わりとだ。加島さんは同僚とあまり深く関わらない。年末に開かれる全体での忘年会には出るが、同僚と休日前夜に飲みに出たりはしない。それはおれも同じだが、おれの場合、誘われれば飲みに行く。二十代三十代の同僚はあまりおれを誘ってこないというだけの話。

「どうします？」と良太が言い、

「どうするって？」とおれが言う。

「わたしたちだけならいいけど、教習生さんたちに知られたらマズいですよ」と陽南子。

「教官が教習生に手を出したって言われますよ」と良太。

それはそうだろう。まちがいなく言われる。そんな話はすぐに広まるのだ。美月のことが、たぶん、すぐに学校じゅうに広まったように。

「でもみつばでそうしてたんなら、やましいことはないんじゃないか？　見られる可能性があることぐらいわかるだろ。しかもハンバーガー屋なんて、いかにも二十代の教習生が行きそうだし」

「ほかの教習生さんとの付き合いはないからだいじょうぶだと、池沢さんが思ったのかも」と陽南子。

「やましいことがなくたって、噂にはなりますよ」と良太。

それもそうだろう。まちがいなく噂になる。美月だって、なっただろう。バヵ男子たちのからかいの対象にされたかもしれない。何なら卑《ひ》猥《わい》な言葉もつかわれたかもしれない。元バヵ男子として、おれは密かに毒づく。クソッ、現バヵ男子どもめ。

そして良太がしれっと言う。

「益子さんがそれとなく訊いてみてくださいよ」

「それとなく訊けないだろ、そんなこと」

「そこはうまくやってくださいよ」

お前がやれよ、と言いたくなるが、言わない。言えば、良太は本当にやるかもしれない。良太が動くと、無駄にことが大きくなる可能性がある。

「うーん」とまたしてもおれは言う。

考えるまでもない。教官が教習生に手を出すのは絶対になしだ。発覚したら、クビにされてもしかたない。それは充分、教習所の信用を失墜させる行為だから。教習生が卒業してしまえば問題はない。そのあとに付き合ったりするのは自由だ。それでとやかく言われる筋合いはない。実際、元教習生と結婚した教官もいる。

「まあ、あれだ。折を見て、話してみるよ」

「お、さすが益子さん」と良太。

「お願いします」と陽南子。

「良太は何もするなよ」

「しませんよ。つーか、するならもうしてますよ」

それを受けて、陽南子が心配そうに言う。

「津村さんが何もしないよう、ほんとにお願いします。益子さん」

「あ、ひでえな、陽南っち。最初はおれに相談したんじゃん」

「厳密には、益子さんに相談したほうがいいか相談しただけですよ」

会議室前での秘密会議は、それにて終了した。

その帰り、おれは例によって『ソーアン』に行った。明日は休みだからだ。ギネスを二杯飲み、その二杯めのときにアボカドバーガーを食べた。そしていつもどおり、アイリッシュウイスキー、ブラックブッシュへと移行した。

加島さんのことを考えるつもりが、美月のことを考えた。四葉自教で良太と陽南子と話してるときもそうだった。何を考えても、結局は美月に行き着いてしまう。だいじょうぶかな、美月。歩いてるかな、美月。電話に出てくれないかな、美月。その後押しをしてくれないかな、美鈴。

で、何故かいつもとちがうことをしたくなり、マスターに曲をリクエストした。ジェイソン&ザ・スコーチャーズの『アイ・リアリー・ドント・ウォント・トゥ・ノウ（I really don’t want to know）』。もとはしっとりしたバラードだ。カントリー系のミュージシャンがよくやる。

ジェイソン＆ザ・スコーチャーズは、その曲をいい意味で能天気なロックに仕上げた。♪ガーガウガウガウ♪とまずは歪《ひず》んだギターのリフから始まる。テンポはミドル。ムチャクチャカッコいい。

カントリーミュージックの本場、ナッシュビル。そのナッシュビルを州都とするテネシー州に敬意を表して、マスターにジャック・ダニエルを頼む。それをロックグラスに注いでもらってから、曲をかけてもらう。♪ガーガウガウガウ♪　いい。

「これはいいよね」とマスターも言う。「あぁ、こんなふうにギターが鳴ってればそれでいいんだよなぁって、聴くたびに思うよ。人がいて、ギターが鳴る。そこにソウルはある」

「同感」

ジャック・ダニエルを飲む。テネシーウイスキーはほかのバーボンと微妙にちがう。ような気がする。知ってるからそう感じるだけだろう。益子ちゃん、実はこれ国産の二級酒、とマスターに言われたら、え、そうなの？　と言うしかない。人間の味覚なんてそんなもんだ。高いからうまいと思ったりするし、安いからマズいと思ったりもする。絶妙な値段設定をされることで、安いのにうまい、と思ったりもする。

四杯め。いい具合に酔ってきた。ようやく美月のことが頭から離れる。完全に離れはしないが、ちょっと離れる。

で、それで空いたスペースはロックが埋める。おれの頭は、もうそんな仕組みになってる。

昔から、自分でロックをやることは考えなかった。ギターもベースもドラムもヴォーカルも、やろうとしたことは一度もない。無理だとわかってたからだ。それでもチャレンジするのがロックだろ、とは思わなかった。おれは何も生めない。あんなすごい人たちのようにはやれない。そう思ってしまった。

幸か不幸か、音楽の成績もよくなかった。校内の合奏コンクールではいつもたて笛組の一人だったし、合唱コンクールではいつも口パク組の一人だった。中学や高校でコピーバンドをやるやつらのことは、どちらかといえば冷ややかな目で見てた。コピーは所《しょ》詮《せん》コピーだ、と。

ロックは演奏だと前に言った。それはただ単にうまく演奏するということじゃない。まずは自分たちの発想があっての、演奏だ。そこはまちがえたくない。ものすごくうまいのにソウルを感じさせない演奏というものもある。どこからそのちがいがくるのかはよくわからない。だがちがいがあることはわかるのだ。テネシーウイスキーとほかのバーボンのちがいよりは、はっきりとわかる。実はちがいはないのだとしても、それでいい。何故って、大事なのはおれがどう感じるかだから。それがすべてだから。

いや、語るねぇ。おれ。

「益子さん、今日は静かですね」と冬香ちゃんに言われる。

いつぞやのことを思いだし、こう返す。

「でも落ちこむまではいってないでしょ？」

「いってません。今日は頭を垂れてない」

「よかった」

「最近、美月ちゃんと会ってます？」

「会ってない。会えてない」

結局はロックから美月へと戻る。戻される。

おれは冬香ちゃんに、美月とのあれこれを話す。ウォーキングへの同行を許されたこと。だがそこでしくじったこと。以来、同行できないこと。電話にも出てもらえないこと。だから最近はもうかけなくなってること。深谷陸と会ったことは言わなかった。それはまた別の話だし、言ったら冬香ちゃんにまできらわれるかもしれないから。

「いきなり声をかけたんですか？　その岳くんに」

「うん。何か、考えただけで頭にきちゃって」

「で、美月ちゃんは怒ったと」

「そう。激怒。もう来んな！　はマジで効いた。こたえた」

「そのときは怒ったかもしれないけど、美月ちゃん、今はもう怒ってないんじゃないですか？」

「いや、怒ってるでしょ」

「人が自分のためにそんなふうに動いてくれたらうれしいですよ。うっとうしいけど、うれしい」

「やっぱり、うっとうしいか」

「高校生ならしかたないですよ。益子さん自身、思いませんでした？　親に対して、うっとうしいって。特に異性の母親に対しては」

「それは、思ったね」

「わたしだって、たぶん、ミキに相当思われましたよ。お酒飲んで帰ってきて、駅まで迎えに来させたりしたから」

「そんなことしてたの？」

「はい。またミキが来てくれちゃうんですよ。でも自転車で来るから、二人乗りでわたしが酔っちゃったりもして。そもそもお酒で酔ってるとこへ、さらに乗物酔い。で、途中の公園で休憩。実はそのときに例のあれを打ち明けました、あんたには弟がいるんだよって。と、まあ、わたしのことはいいとして。ここで引かないほうがいいんじゃないですか？」

「ん？」

「このまま益子さんが電話をかけてこなくなったら、あぁ、そんなもんなんだって、美月ちゃんは思っちゃうんじゃないかな」

「そう、なのかな」

「益子さん自身が電話をかけたくないならかけないほうがいいと思いますけど、そうでないなら、ロックの心で突き進んじゃえばいいんですよ」

「ロックの心で？」

「はい。ロックの心で」

「そんなもの、ある？」

「ないですか？」

　酔った頭で考える。ロックの心。それがどんなものかはわからない。が、そんなようなものは、ある。それにたすけられたこともある。何度もある。たかが音楽。たかがロック。だがそれがなかったらキツかった。おれはどこかでポキッと折れてたかもしれない。例えば就職活動前に美鈴に告白して断られたとき。会社をやめたとき。美鈴と離婚したとき。再就職をあちこちの会社に断られたとき。おれ自身、臼井しのさんに言ったじゃないか。六十九歳の女性が免許をとるのはロックだと。ロックの世界だと。六十九でロック。今思えばダジャレにもなってる。

「あるか」とおれは言う。「ロックの心は、あるね」

「あるの？」と、横で話を聞いてたマスターが口を挟む。

「ない、ですか？」とおれが訊き返す。

　そして不敵に笑ったマスターからベストな答が返ってくる。

「なかったら、僕が雇われマスターの身でこんな店をやってると思う？」

　今度は僕のリクエストね、と続け、マスターはもう一度、ジェイソン＆ザ・スコーチ

ャーズをかける。♪ガーガウガウガウ♪

それが美月のことでもあるから知りたかった。だからわざわざ高校まで会いに行って話を聞いた。

アイ・リアリー・ドント・ウォント・トゥ・ノウ。

深谷陸のことなんて、おれはほんとは知りたくないよ。

# 十二月　ブラウン・アイの男

作戦を変更した。よく言えば、チャレンジした。悪く言えば、賭《か》けに出た。もっときらわれるのを承知で、美月に電話をかけた。一日に三度はかけた。その三度めには、またかけるから、と留守電にメッセージを残した。

四日め、通算では十度めぐらいで、美月は出てくれた。電話がつながったときは、おれ自身が驚いて、あれっ？　と言ってしまった。もしもし、もなしに美月は言った。

「何なの？」

怒ってはいたが、⁉よりは？の感じだった。

「ごめん。あのときは悪かった。ほんとにごめん」とにかく言いたいことを言ってしまおうと思い、続けた。「また一緒に歩けないかな。歩かせてくれないかな」

「無理」

「彼が興味本位で美月を追いかけてると勘ちがいした。どうかしてたんだ」

「し過ぎ」

「もう体もキツいだろ？　一人じゃあぶないよ。だから」

「一人じゃない」

「え？」

「付き添いがいる」

「誰？」

「岳」

「って、彼？　あの彼？」

「そう。学校が午前中だけになったから、夕方の散歩に付き合ってくれる」

もう十二月。期末テストも終わり、学校は早く終わるのだ。受験を控えた三年生でもなければ、高校生にとってはいい時期。カレシカノジョがいる子たちにとっては楽しい時期でもある。

そしておれは思いつく。その思いつきを口にする。

「じゃあさ、謝らせてもらえないか？」

「は？」

「その彼に。岳くんに」

「謝る？」

「うん。謝りたい」

言ってみて、本当にそう思った。初めからそうすればよかった。おれは中原岳に謝るべきだったのだ。歳は関係ない。おれが上で岳が下もない。悪いことをしたと思ったら謝るだろ、普通。

美月は聞き入れてくれた。おれが岳に謝ること、そのために再びウォーキングに同行することを許可してくれた。

でもって、三勤一休の休日、水曜日。おれは久々にアルトで出かけ、それを美月のマンション近くのコインパーキングに駐めた。

そしてマンションの通用口まで歩いて美月と合流し、二人で公園まで歩いた。おれが岳に因縁をふっかけてしまったあの公園だ。

同じマンションに住んでるのに、岳との待ち合わせはいつもそこでしてるという。何故かと言えば、妙な誤解をされては困るから。つまり、岳が子どもの父親だと周りに思われたら困るから。そうしようと、美月が言いだしたらしい。気をつかったのだ、岳に。どうせ誰かに見られたりはしちゃうけど、と美月は電話でおれに言った。でも友だちに迷惑はかけたくないから。

そんな迷惑をかけたくない友だちに、おれは因縁をふっかけてしまったわけだ。

約束の時刻は午後四時。公園に向かって歩きながら、おれは美月に言う。

「もう来てるかな」

「絶対来てるよ。あとで来たことは一度もない。わたしを待たせることになるから」

そんな優しい子に、因縁。あぁ。

岳は本当に来てた。例の東屋のベンチに座り、スマホを見てる。歩くために来てるのだから、わきに自転車は駐められてない。もちろん、制服姿でもない。カーゴパンツにダウンジャケットにマフラー。もう寒いのに、よく来てくれる。感心する。いや、それ以上。感動する。同じ高校生でも、ちがうもんだ。岳と陸。名前は似てるのに。

　岳はおれを見て立ち上がり、スマホをダウンのポケットに入れる。相手は大人。同級生女子の元父。しかも自分に理不尽な文句を言ってきた男。緊張してるだろうな、と思う。

「こんちわ」とおれが言う。

「こんにちは」と岳も言ってくれる。

　美月に電話をかけたとき同様、余計なことは言わない。いきなり本題に入る。謝る。

「こないだはすまなかった。君の話を聞きもしないで、一方的に。いやな思いをさせて、ほんとに悪かった。申し訳ない。ごめんなさい」

　謝罪につかえる言葉を片っ端からつかう。そして頭を下げる。深々と下げる。

「いえ、いいですよ、そんな」

　頭を上げ、岳の顔を見る。無作法なクソガキにはまったく見えない。美鈴の言うとおり、おとなしそうな子に見える。あのときは本当に頭に血が上ってたのだと痛感する。

「おれも君の歳のころは、こんな大人が一番きらいだったはずなのに。いやになるよ、自分で。ほんと、勘弁してほしい」

「ぼくも、岡さんに何も言わないでいつもここにいたりして、悪かったなって思いました。だから、全然」

「謝ってすぐにこんなことを言うのは図々《ずうずう》しいけど、これからも美月の力になってほしい。お願いします」

そしてもう一度頭を下げる。さっきよりも深く下げる。

「いや、あの、ぼくは何もできないし」

今度はすぐに頭を上げて、言う。

「そんなことない。いてくれるだけでいいんだよ。それだけで充分、力になる。君みたいな友だちがいてくれて、おれはほんとにうれしいよ。君にはもう、感謝しかない」

謝られたりほめられたりで対応に困り、岳は何も言えなくなる。

だからこう続ける。

「じゃあ、おれはここで待ってるからさ、二人で歩いてきてよ」

「は？　何それ」と美月が言う。

「いや、三人でっていうのも、いやだろ？　おれは今日は岳くんに謝りに来ただけだから、二人で行ってきて」

美月のためでもあり、岳のためでもある。おれが高校生なら、同級生女子とその元父との三人で歩きたくはない。何を話せばいいかわからない。寛《くつろ》げない。空気が固まってしまう。

美月と岳は二人で歩きだす。一緒に来なよ、とは美月も言わない。自分ですすめておきながら、そう言ってくれないことを残念に思う。いいなぁ、岳、とも思う。ちょっと妬《や》ける。

緑地公園の東屋。そのベンチで一人、待つ。岳のようにケータイを見たりはしない。ガラケーだからだろうか。スマホなら見るのだろうか。

と言いつつ、結局は暇つぶしにガラケーを見る。何ヵ月も前に万由にもらったお好み焼き定食の画像なんかを見直す。ついでに過去のメールも読み返す。あらためて読むと、とてもカレシカノジョのやりとりとは思えない。友だち同士のそれみたいだ。会いたいだの好きだの、そんな言葉がまったくないからかもしれない。夫婦ならともかく、たとえ四十代でもカレシとカノジョなら、そんなやりとりが少しはあってもいいような気がする。

美月と岳は二十分ほどで戻ってくる。これはこれで岳は落ちつかなかっただろう。同級生女子の元父に帰りを待たれてるのだ。落ちつくわけがない。

おれは立ち上がり、美月に言う。

「もういいのか？」

「いい」

岳にも言う。

「どうもありがとう。これからも美月をよろしく」

「はい」

「じゃ、明日もね」と美月が言い、

「うん」と岳が言う。

明日もか。うらやましい。

岳と別れ、マンションまで美月と二人で歩く。

女々しいと思いつつ、言う。

「あのさ、岳くんは用事があったりして、そんでおれが休みだったりしたら、来てもいいか？」

「好きにすれば」

心のなかでガッツポーズ。ナイス、おれ！　ナイス、美月！

左右を確認して、信号のない横断歩道を渡る。マンションの通用口が近づいてくる。

気持ちにちょっとした変化が起こる。好きにすれば、の言葉をもらったあとで言うのはズルいが、言いたくなる。言ったら撤回されるかもしれない。それでも言いたくなる。岳みたいにいい友だちがいるのだからだいじょうぶだろう。前だけを見てもらうためにも、言うべきだろう。

「ごめん」といきなりの謝罪。「おれ、また勝手なことをしたわ」

「何？」

「陸くんと会った」

話す。

美鈴と二人で退学願を出しに行った四日後、今度は一人で高校に出向いたこと。陸が校門から出てくるのを待ちかまえたこと。女子と一緒に出てきたこと。車から降りていって声をかけたこと。美月に悪いとは思ってると陸が言ったこと。その夜、陸の父親から電話がかかってきたこと。陸と会うのはやめてほしいと言われたこと。もうしないと言ったこと。

女子の件を伝えるかは迷った。だがそこだけを伏せるのはかえってヤラしい感じがしたので、伝えた。

「何してんのよ」

美月はまずあきれた。が、怒りはしなかった。怒ってたにしても、岳のときとくらべれば雲泥の差があった。女子の件にも、大して驚かなかった。

「それ、たぶんナミホ」

訊いたわけでもないのに、漢字まで説明してくれた。波帆、だ。

そこでマンションの通用口に着いた。美月が立ち止まったので、おれも立ち止まる。

「陸は波帆が好きなんだよ」と美月が言う。

おれは反応しない。できない。よくわからない。わかりたくもない。しようと思えば、いくらでも推測はできる。いろいろなストーリーをつくりあげることができる。いろいろとは言っても本質は変わらない、陳腐なストーリーだ。年齢を問わず、男女間に一定の割合で起こる類《たぐい》の。

　美月はそれを受け入れてるわけだ。そのうえで、産むことを決断したわけだ。むしろ割りきれた、ということなのか。お腹が大きい美月、でもおれにとっては小さい美月を抱きしめたくなる。おれが欧米人なら絶対にそうしてる。

「美月は、強いな」

「は？」

「おれが思ってたより、ずっと強いわ。やっぱ美鈴の娘なんだな」

「わけわかんない」

「おれがわかってるからいいよ」

「ますますわかんない」

「うん」と言い、続ける。「じゃあ、来ていいならまた来るよ。電話する。岳くんに会わせてくれて、ありがとな」

　行くべきだろうと思い、実際、行きかける。美月が口を開く。

「こないだ、サナがウチに来てくれた」

「サナ？」

「友だち」

　美月はまたしても漢字まで説明してくれる。紗奈、だ。

「中学のときに友だちが横断歩道で事故に遭ったたって言ったでしょ？」

「自転車で倒れたっていう？」

「うん。それが紗奈」

「そうなのか。じゃあ、よかった。大事に至らなくて」

美月の友だちだからという意味でもないが、本当によかった。たった一秒、たった一メートルのずれで、事故の結果は大きく変わるのだ。

「言ってよって言われた。紗奈に」

「何を？」

「妊娠のこと」

「あぁ。知らなかったんだ？」

「知ってはいた。すぐに広まるよ、こんなこと。もうお腹、隠しきれないし」そう言って、美月はそのお腹を撫でる。「わたしが言ってくるのを待ってたんだって。自分からは言えないから」

「言えない、か？」

「聞いたよ美月、妊娠したんだって？　なんて言える？」

「言えない、か」

「でも結局紗奈は言ってきてくれた。うれしかった。今は、岳と交替で、夕方一緒に歩いてくれる。子どもの名前まで勝手に考えてる。カレンとか、リコとか」

「そうか。いい友だちだな」

岳だけじゃない。ほかにもいたのだ、いい友だちは。池沢蘭みたいな友だちは。

「たまにカメヤマくんも来てくれる」

亀山くん。紗奈ちゃんのカレシ、だそうだ。中学のときの同級生。つまり美月とも同級生。

「みんなに、もっと早く言えばよかった」

「そうだな」

「案ぐらい、出してもいいよ」

「ん？」

「名前。子どもの名前」

「ほんとに？」

「うん。採用するかはわかんないけど。というか、しない可能性のほうが高いけど。たくさん考えたなかから一番いいのを選ぶから」

「じゃあ、美空ってどうだ？」

「え？」と美月は驚く。「早いよ」

「実は、ちょっと考えてたんだ」

「何、ちょっと考えてんのよ」

「紗奈ちゃんと同じ。勝手に考えただけ」

「で、何？　ミソラ？」

「そう。美しい空で、美空。美空ひばりの美空。でもこっちは下の名前だからパクりじゃない。それでミクと読ませたりしないで、ミソラ。美鈴、美月ときて、美空。やっぱり美をつかうのがいいと思って」

「それ、ちょっとじゃないよ。相当考えてんじゃん」

実は考えに考えた。ミソラ。ミとソとラ。ドレミファソラシドのなかから三つも入ってる。音楽好きとして、そんな理屈まで考えた。ただ、一番の意味はこれだ。陸よりもずっと高いところに行かせたい。高いところ。陸より空。美空。

「まあ、悪くはないね」と美月は言ってくれる。「お母さんにも話してみるよ」

「いや、ヤバいですよ」と、先月、麻生七八はおれに言った。「ウチ、ほんとにインカレに出られることになっちゃいました」

インカレ＝全日本大学サッカー選手権大会。関東大学サッカーリーグ戦の四位だかに入り、その大会に進めることになったのだそうだ。この世代らしく、七八はいい意味でヤバいと言ってるのだと思ったが、そうじゃなかった。

「リーグ戦が終わったら、年内にもうデカい試合はないと思ってたんですよね。そしたら上位が続々と肝心なとこでコケて、ウチが四位に滑りこんじゃいました。プレッシャーがなかったのがよかったのかも」

その大事なリーグ最終戦で七八はゴールを決めたという。その一点で、チームは全国へのキップをつかみとったのだ。それはすごい。交通違反のキップをつかまされるのとはエラいちがいだ。

「だから試合はないどころか、練習のスケジュールもがっつりになっちゃって。こっちにあんまり来られなくなりそうなんですよ」

「でも、まあ、あと三ヵ月あるじゃない。十二月を除いても」

「そうですけど。またケガとかしたらマジでヤバいですよ」

「するなら、運転に支障のないケガをしてよ」

「どんなケガですか、それ」

「額から流血、とか、左足の指の生爪をはがす、とか」

「どっちもありそうだけど、そんな器用なケガはできませんよ」

で、今月に入ると、実際に七八の姿は見なくなった。おれに指名予約を入れなくなったとか、たまたまあたらなくなったとか、そういうことではないと思う。時限の開始時や終了時にも見かけない。さすがにちょっと気にしてはいたのだ。そこまでサッカーがうまいということで、記憶には残してたから。

　そんなわけで、七八は来なくなったが、代わりにというか何というか、臼井しのさんは頻繁に来てくれるようになった。

　上達は遅い。が、ご高齢のかた特有のいい部分が出はじめた。つまり、これ。がんばるのだ。もうすっかり割りきったらしく、ハンコをもらえないことや規定時限をオーバーすることを気にしなくなった。

おれもおれで割りきった。とことん付き合う気になり、ほかのドライバーをあわてさせず自分もあわてない理想的なドライバーになってもらおうと決めた。実際、しのさんにもそう言った。わたし、なれるの？　としのさんは笑った。なりましょう、とおれも笑った。

苦手なS字とクランクも、何度も何度もやってもらった。ハンコを押したあとの教習でもそれとなくコースに組み入れた。するとそこでも失敗するから、ハンコを押すのは早すぎたか、と思った。だがハンコを押したときの教習では問題なくできていたのだからしかたない。ご高齢のかたに限らない。そういうことはある。

今日の教習は、交差点の通行。S字とクランクとちがい、技術面での難易度はそう高くない。だがしのさんはやはり引っかかる。左折の際に大きくふくらむ癖がまた出るようになったのだ。そのあたりはあの林田佳世と似てる。

三十分を過ぎたあたりで、しのさんは言う。

「ねぇ、益子さん」

「はい？」

「また次に持ち越しちゃってもいいからさ、どこかに駐めて、ちょっと休憩にしないかい？」

教習生が、というよりドライバーがそう言うならしかたない。運転に支障が出ると感じるぐらい疲れたら、休憩をとるべきなのだ。教習の一時限、五十分ももたないほどの体力しかないなら免許をとらせるべきではない。そんな見方もある。だが疲れたから休みたいということではなさそうだ、とおれは判断する。

「しのさんがいいなら、そうしよう」

　ほかの教習車の邪魔にならないよう、教習終了時に駐める場所に行ってもらう。エンジンも止めてもらう。

　アイドリング音もなくなり、車内は静かになる。

「わたしさ、どうしても免許をとりたいんだよ」

「わかるよ。しのさんを見てればわかる」

「その理由を、聞いてもらえるかい？」

「教えてもらえるなら、ぜひ」

　それは聞くべきだろう。個人の領域に立ち入らないというのとはまた別のことだ。あくまでも運転に関すること。おれ自身、聞いてみたい。どんな理由があれば、六十九歳で免許をとる気になるのか。

「前に、嫁がいるって言ったでしょ？　息子夫婦と一緒に暮らしてんの、わたし。息子はキミハル。嫁はサキエさん」

　公春さんに咲恵さん、だそうだ。

「そんなにうまくいってないんだよ、咲恵さんと。いや、ちがうか。初めはうまくいってたの。途中からうまくいかなくなった」

「何かあったの？」

「子どもができなかったの。孫だね、わたしから見れば」

嫁と姑の関係は難しい。兄嫁とおれの母親にも微妙なあれこれがあると聞く。こないだニュースでもやってた。夫の実家の墓に入りたくない妻は多いという。まあ、そうなんだろうな、と思う。それが正直な気持ちだろう。所詮、人間のつながりなんてそんなものだ。

「それでわたしがせっつくようなことを言っちゃったんだね、咲恵さんに。働くのもいいけど子どももお願いよ、みたいなことを」

「働いてるんだ？　その咲恵さん」

「そう。休んだのは出産のときぐらい。そのあとすぐ仕事に戻ったよ」

「じゃあ、いるんだ？　お孫さん」

「うん。いる。女の子。ハヤっていうの。鳥の羽の羽に夜で、羽夜。三歳」

「羽夜ちゃん。いい名前だね」

「そう思うよ。ウチの人がつけたの。夫。もう死んじゃったけど」

進三《しんぞう》さん、だそうだ。

「その夫とは最後までうまくいってたのよ、咲恵さんも。だから、公春が親父に名前をつけてもらおうって言ったときも賛成した。羽夜って名前も、すごく気に入ったみたい」

「いい名前だよ、ほんとに。おれも気に入った」

「夫はそのころ、もうがんになっちゃっててね、長くはなかったの。でもどうにか間に合った。羽夜の顔を見せられた」

「それは、何よりだね」

「がんばってくれたのよ、咲恵さんも。なのにわたしはあれこれ言っちゃってねぇ。あとで知ったんだよ、全部。咲恵さんね、実は仕事しながら病院にも通ってたの。何ていうんだっけ。ほら、あの、子どもを産むようにするための」

「不妊治療？」

「そう。それをやってたの。わたしには言わないで。で、四十二歳で産んだ」

　羽夜ちゃんは三歳。四十二歳で産んだということは、咲恵さんは今、四十五歳。おれと同じだ。

「公春はね、知ってたの。口止めされてたみたい。それでまたあれこれ言われるのがいやだったんだね。どんな具合なのかとか、まだ結果は出ないのかとか。実際、わたしなら言っちゃいそうだし」

「今は知ってるってことなんだよね？　しのさんも」

「羽夜が生まれてすぐに言ってくれたからね。それでも、考えちゃったわよ。今度は、何で言ってくれなかったんだって。やってるなら言えばいいじゃないかって。今になれば、ちょっとはわかるのよ。女のプライドみたいなものも、あったんだろうなって」

「あぁ」

「治療がうまくいかなくて、羽夜が生まれてなかったら、わたしは、たぶん、今もそのことを知らないんだよね」

羽夜ちゃんを産むまで咲恵さんが言わなかったのなら、そうかもしれない。

「羽夜、ほんとにかわいいの」

「だろうね」

「でね、羽夜を見てると、思うんだよ。こんなにかわいい子を咲恵さんは産んでくれたんだなぁって。ウチの人にもこの子を見せてくれたんだなぁって。でもさ、わたし、うまく謝れないんだよ。いえね、謝りはしたの。いろいろ言っちゃってごめんなさいねって。ただ、何ていうか、軽い感じにしかなんないのよ。時間が経っちゃったからかもしれないけど、気持ちがこもってないみたいになるっていうか」

昔のことを誰かに謝ろうとすると、その感じになることが多い。時間が経ってる以上、どうしたってライヴ感は出せない。何か、謝れてない気がするのだ。

「だからさ、行動で示すことにしたの。羽夜も来年からは幼稚園。送迎バスなんかもあるみたいだけど、わたしも送り迎えぐらいしてやんなきゃと思ったわけ」

「それで免許を？」

「そう。気持ちを、どうにか形で示したくてさ」

カレシのために免許をとろうとした林田佳世みたいだ。残念なことに、林田佳世はうまくいかなかった。カレシと別れてしまった。だがしのさんにその心配はない。しのさんは羽夜ちゃんと別れない。別れようがない。死ぬまで。

「すごいよ、しのさん。おれが思ってた以上にロックだ」

「またそれかい？　そう言われても、わからないよ。どういう意味？」

「えーと、負けないというか、折れないというか、立ち向かうというか、気合が入ってるというか。そういうのを全部合わせた感じだよ」

「じゃあ、ほめられてるんだね？」

「もちろん、ほめてるよ」

「どうせなら、わかるようにほめてよ」

「ほかのほめ方を知らないからさ、悪いけど、しのさんが慣れてよ。おれがロックって言葉を出したら、そのときはほめてると思って」

「わかった。思うよ。羽夜が幼稚園に入るまでには、どうにかロックなとこに行きたいね」

「行こう。がんばろうよ。期限は九ヵ月。しのさんの場合、四月までに教習を終えればいいんだ。急ぐことはないし、あわてることもないよ。ちょっとずつ上達はしてる。慣れてもいる。このままやっていこう。おれも付き合うから」

「そう言ってくれるとたすかるよ。羽夜もさ、大きくなったらこの教習所に通わせるよ。

で、あんたに教習をしてもらう」

「すごくうれしいけど、それは無理かもしれない」

「何で？」

「羽夜ちゃんが十八歳になるのは、十五年後。おれは定年だよ。あ、でもあれか、六十五まで雇ってもらえれば、できるか。いや、でも、そのときも教官でいられるかな。いられるなら、喜んで羽夜ちゃんの教習を持つよ。で、事故なんか起こさせないよう、ムチャクチャ厳しく指導する。クソじじい教官と呼ばせる」

「頼むよ。あんたはうまいから、すべてまかせる」

「おれ、うまい？」

「うまいよ。運転がというよりは、口がね」

「口がか」

前に林田佳世にも言われた。お上手、と。おれは中途採用。そんなには技術もないから、その分は口でカバーするしかない。

「でも口がうまいってことはさ」としのさんは言う。「教え方がうまいってことだよ」

臼井しのさん。おれより口がうまい。百点。

その日は加島さんと帰りが一緒になった。シフトが同じだから退勤時刻も同じなのだが、実際に職場を出る時刻はいつも少しずれる。制服から私服に着替えると、加島さんは必ず喫煙スペースでタバコを吸っていくからだ。それも最低二本は吸う。何なら三本吸う。だがその日は吸わなかったのか、でなきゃ一本に抑えたのか、ともかく裏の通用口で一緒になった。

「おつかれです」とおれが背中に声をかけ、

「あぁ。おつかれ」と加島さんが返す。

「今日は早いですね」

「益子くんが遅いんじゃない？」

言われてみれば、そうかもしれない。休憩室で、美月にメールを打ってたのだ。

〈寒いから体に気をつけろよ。雪が積もったら歩くなよ〉

朝の天気予報で、明日はもしかしたら雪になるかも、というようなことを言ってたから、念のため伝えておくことにしたのだ。

うれしいことに、おれは美月のメールアドレスも知ってる。言われたのだ。連絡はメールでいいよ、と。そのときは単純に喜んだ。が、あとになって思った。電話をかけづらくなったな、と。声を聞けないじゃないか、と。

池沢蘭は、相変わらず加島さんに指名予約を入れてる。もう第二段階。二人で路上に出てる。だから気軽にドライブを楽しむ、なんてことはない。教習は教習。だが所内と路上では微妙に気分が変わる。おれら教官は変わらないが、教習生は変わる。緊張もするし、高揚もする。危険が増える分、隣に座る教官への依存度も高くなる。親密度も高くなる可能性が、ないとは言えない。

いい機会だと思い、四葉自教の敷地を出たところでおれは言う。

「加島さん。おれがこんなこと言うのも何ですけど、ハンバーガーは、マズいですよ」

「え？」

ハンバーガーはおいしくないですよ、の意味にとられたのだと気づき、急いで正す。

「いや、ハンバーガーはうまいけど、教習生とっていうのは、マズいですよ。二人でっていうのは」

「急に何？」

「いや、あの、みつば駅前のデカいスーパーのハンバーガー屋で」

「あぁ」そして加島さんは言う。「何、見られてた？」

「おれが見たわけじゃないですけど、えーと、受付の小西さんが見かけたらしくて。小西さん、いつもＪＲのみつばから帰るんで」

「そうなんだね」

「で、例えばほかの教習生に見られて問題になったらマズいっていうんで、おれに」

「相談したの？」

「そうですね。良太経由で」

「じゃあ、津村くんも知ってるのか」

「はい。でも、おれ含め、その三人だけだと思います。知ってるのは」

畑のなかの道で、加島さんは立ち止まる。次いでおれも立ち止まる。ともに遅番。とっくに空は暗い。真っ暗。街灯の明かりのみ。その明かりだけで、吐く息が白いことがわかる。寒い。マジで雪降るかも。

「益子くんさ、時間ある？」

「はい。何せ、十分で帰れますし」

「そうか。近いもんね、家。じゃあ、ちょっと付き合ってよ。話すから」

加島さんが手で指し示したほうへ向かう。どこへ行くのかはわかってる。コインパーキングだ。

加島さんはおれとちがい、というか多くの教官同様、車と運転が好きで教官になった。電車に乗るよりも早いからと、たまに車で通勤する。四葉駅近くのコインパーキングに駐めて、出勤するのだ。四葉なら、駐車料金もそう高くない。二十四時間最大五百円とか、その程度。

コインパーキングに着くと、加島さんがまず車を出した。スバルレガシィだ。値段、おれのアルトの三倍はするだろう。

その助手席に乗り、ドアを閉める。シートベルトも締める。

「どこかに駐めてっていうのも何だから、その辺を適当に走るよ。最後は家まで送るから」

「それはいいですけど」

「近いんだから送るよ」

「じゃあ、お願いします」

車は走りだす。教官だけに、運転はうまい。すべてが滑らかだ。アクセルもブレーキも、無駄には踏まない。まさにお手本。

うまい運転とは何か。メリハリのある運転のことだとおれは思ってる。制限速度どおりに走ってるのに遅いと感じられるなら、それは運転にメリハリがないからだ。制限速度までの加速が遅いことが原因。速度超過はマズいが、加速はしてもいい。というか、すべきときにはしなきゃいけない。キビキビ動くことが大事なのは、ドライバーも会社員も同じだ。

四葉の道はくねくねしたものが多いので、加島さんはすぐに国道に出る。みつばと四葉、埋立地と高台を分ける国道だ。そして東京方面へ向かう。四十五歳と五十一歳。男二人でのドライブ。しかも十二月。雪さえ降るかもしれない夜のドライブ。

流れに乗ってレガシィを走らせながら、加島さんは言う。

「池沢ってね、別れた妻の名字なんだよ」

「え？」

「蘭は僕の娘。前は加島蘭だった。大学二年になって、免許をとるって言うから、ウチに来てもらったんだ。そう遠くもないんでね。恥ずかしながら、元妻には言ったよ。蘭がウチに来てくれるなら免許代は出すよって」

「何だ。そういうことなんですね」

「ほかの人たちに教習をまかせてもいいんだけど、せっかくだから自分で教えたくてね」

加島さんと池沢蘭。言われてみれば、わかる。顔は似てないが、雰囲気というか、物腰は似てる。

「周りに説明するのは億劫だし、名字がちがうからバレないと思ってたんだけど」

それもわかる。娘なんですよ。今は別れてますけど。進んで言いたいことでもない。

教官が身内に教えるのはよくないという意見もある。つい甘くしてしまう可能性があるからだ。だがこの加島さんの場合は問題ないだろう。まさに役所の書類上、加島さんと池沢蘭は無関係なのだ。おれと美月がそうであるように。

「おれも、蘭さんの教習を持ってますよ。加島さんが休みの日だけですけど」

「うん。僕が言ったんだよ、益子くんにしなって」

「ほんとですか?」

「ほんと。彼ならきちんと教えてくれるからって」

「きちんと教えてますかね、おれ」

「教えてるよ。益子くんを悪く言う教習生はいない」

「教官に教官の悪口を言う教習生はいないですよ」

「そうだけど」と加島さんは笑う。「それにしても、見られてたか。まあ、見られるか、みつばでそんなことしてたら。教習がたまたま最後の十時限目だったから、言ったんだよ。ご飯でも食べないかって。ただ、その日は車じゃなかったんだよね。だから、遠くの店に行くわけにもいかなかった。驚いてたでしょ？　小西さん」

「驚いてました」

「マズい！　見ちゃった！　と思ったろうね」

「おそらく」

「隠すつもりもなかったんだよ。必死に隠すことでもないしね」

「いつですか？　奥さんと別れたの」

「蘭が五歳のときだから、十五年前か。もう、ウチで知ってるのは所長ぐらいじゃないかな。それより上の人たちは、ほとんどが定年でやめてるし」

「所長も、蘭さんのことは知らないんですよね？」

「知らないね。気づきようがない」

「蘭さんと、普通に会えるんですね」

「そうなったのは、蘭が高校生のころからだよ。その前はダメだった。元妻にずっと断られてた」

急ぐ必要もないから、車はずっと左端の車線を走ってる。ファミレスやガソリンスタンドやマンションが、サイドウィンドウの前から後ろへと流れていく。

美月がファミレスから眺めてた国道を思いだす。こちらから見た窓際に座る美月を何となく想像する。あの国道、実はこの国道だ。このままずっと走っていくと、あのファミレスが現れる。

「益子くんも、娘さんがいるんだよね？」

「はい」

「会えてる？」

「どうにか」

「ならよかった。娘、かわいいよね」

「かわいいですね」

「伊《い》藤《とう》蘭からつけたんだよ、名前。キャンディーズの伊藤蘭」

「そうなんですか？」

「うん。好きだったからね。ピンクレディーよりもキャンディーズだったよ、僕は」

「同じです。おれもそうでした」

そう。なかでもやはり伊藤蘭。おれが好きになったころは、もうキャンディーズは解散してた。伊藤蘭が普通の女の子に戻らなかったおかげで、その存在を知ることができた。

犬飼悦人の姉の苗子さんも、伊藤蘭にちょっと似てた。あそこまできれいではない代わりにフェロモンを足した感じだ。そして犬飼家には、ロックのレコードに交ざってキャンディーズのレコードもあった。キャンディーズは音楽として聴ける。それが悦人の親父さんの意見だった。

「ちょっと音楽をかけていいかな」

「どうぞ」

加島さんが、既製のCDではなく、CD-Rをカーステレオにセットする。まさかキャンディーズがかかるのか？　と思ったが、ちがった。車に備えられたスピーカーから流れてきたのは、『春一番』でも『年下の男の子』でもなかった。

「ポーグスじゃないですか！」とつい声を上げる。

「あ、知ってる？」

「知ってるも何も。かなり好きですよ」

「意外」

「いやいや、こっちが意外ですよ」

「益子くんがロック好きなのは知ってたけど、もっと激しめなものを聴くのかと思ってた。ハードロックとか、ヘヴィメタルとか」

「なかには聴くのもありますけど、それがメインではないです。いやぁ、何にしても驚きました。加島さんがポーグスとは」

ザ・ポーグス。イギリスのバンドだ。といっても、音はアイルランド寄り。バンジョーにマンドリンにアコーディオンにティンホイッスル。そんな楽器をつかうにもかかわらず、激しい。と同時に繊細でもある。硬いのにやわらかい。勇ましいのに愛らしい。

「自分で編集しちゃったよ」と加島さんが言う。「家のパソコンで」

「これが一曲め。いいですね」と返す。「ナイスチョイスです」

おれもかなり好きな曲。『ブラウン・アイの男（A pair of brown eyes）』だ。

「ベスト盤に入ってたライヴテイクのほうですよね？」

「おぉ、すごい。よくわかるね」

「聴いてますから」

「何でスタジオテイクじゃないのをベストに入れるんだよ、と初めは思ったけど、確かに、こっちのほうがいいかもしれない」

「何か、こう、きますよね、ガツンと」

「くるね」

「もう疲れきって歩けないんだけど歩いてる。そんな感じ」

「そうそう」

シン・リジィにポーグス。さらには、ギネスにブラックブッシュ。おれはアイルランドが好きだ。いくらか不器用っぽいところに、相性のよさを感じる。定年になったら、一人でダブリンに行ってみるのもいいかもしれない。いや、別に一人じゃなくてもいい。美月が一緒でもいい。何なら、生まれてくる孫娘と美鈴が一緒でもいい。無理か。

「まあ、とにかくさ」と加島さん。「そういうことなんだ。蘭は僕の娘。教習生に手を出したわけじゃないよ。まず二十歳の子が惹《ひ》かれないでしょ、五十一歳の男に」

「それはわかんないですよ。ポーグスを聴く五十一歳の男になら、惹かれるかもしれない」

寡黙でまじめな人がメタルやパンク好き。そんなことは多々ある。そしてそんな人は、真剣にメタルやパンクが好きだ。例えばそのバンドのロゴ入りTシャツを持ってるのに着なかったりする。

人はいろいろなものを好きになる。きらいだったものを好きになったりもする。その逆もある。好きだったものを、きらいになったりもする。

で、加島さんやおれを見ればわかる。父親が娘をきらいになることはない。きらわれることはあっても、きらいになることはない。

# 一月　テューズデイズ・ゴーン

　イントロを聴くだけでやられてしまう曲がある。おれの場合は、レーナード・スキナードの『テューズデイズ・ゴーン（Tuesday's gone）』がそれ。基本、バラードにはやられないのだが、唯一これにはやられる。

　徒歩で通勤してるので、おれは普段あまり電車に乗らない。下手をすれば月に一度も乗らない。最近乗ったのは、美月の高校に行ったとき。美鈴と二人で退学願を出しに行ったあのときだ。

で、たまに電車に乗ると、この『テューズデイズ・ゴーン』を思いだす。列車に乗って家を遠く離れるという詞のせいかもしれない。

　今もおれは電車に乗り、『テューズデイズ・ゴーン』を頭のなかで再生しながら、窓の外を見てる。座ってはいない。ドアのわきに立ってる。まだ昼すぎだが、座れなかったのだ。正月だから。

　別に家を遠く離れるわけでもない。ＪＲでみつばから東京に行くだけだ。日帰り。電車が高架を走るので、眺めはいい。倉庫だの何だのの隙間から、時折海が見える。きれいでも何でもない東京湾だが、海は海だ。

年末年始、四葉自教は休みになる。交替で休みをとるのでなく、教習所そのものを閉めてしまう。おれの休みは十二月二十九日から一月四日まで。万由は一日長く、五日まで。

ということで、三日の火曜に東京で会うことになった。

万由は四葉のおれのアパートには来ない。泊まりもしない。新幹線で大阪から東京まで来て、そこからまた四葉まで来るのが面倒だからだ。そのまま金沢《かなざわ》の実家に帰るというので、おれが東京に出ていくことになった。

あらためて、今はもう万由の拠点が東京にないことを実感した。東京本社にいたときは、万由も東京に住んでた。東側。四葉からもそう遠くはない江東《こうとう》区。だが大阪への転勤が決まり、マンションは引き払った。おれが四葉にいる。東京、というか首都圏との縁は今やそれだけ。大きな縁と言えば言えるが、万由自身の基盤はない。

約束は午後一時。ランチタイムのピークを避けてメシを食うことになってた。店は特に決めておかなかった。三日までは休みのところもあるが、そこは東京、丸《まる》の内《うち》辺りの店は休みでも、銀座まで行けばどこかはやってるはずだ。いざとなれば、八重洲《やえす》の地下街という手もある。

で、いざとなった。大阪から二時間半も電車に乗ってきた万由が、会って早々、また電車に乗らなきゃいけないからできれば近場ですませたい、と言ったのだ。そんなら、まあ、ということで、結局、八重洲の地下街になった。

飲食店はほとんど営業してたが、一時間程度ではピークを外せないのか、どこも混んでた。それでも、夜は居酒屋としてつかえそうな蕎麦屋にどうにか入ることができた。そこのカウンター席に、万由と並んで座る。万由は改札内のコインロッカーに旅行カバンを入れてきた。おれは手ぶら。脱いだそれぞれの上着はイスの背に掛けた。

　正月だからなのかいつものことなのか、周りには酒を飲んでる客が結構いる。背後のテーブル席には、午後一時にしてすでに出来上がりつつあるグループもいる。

おしぼりで手を拭《ふ》きながら、万由がおれに言う。

「ビール飲めば」

「万由は？」

「いい。このあとまた移動だし。飲んで電車に乗るの、好きじゃないのよ。ほら、豊士とちがって乗物に慣れてないから」

「おれも電車には慣れてないよ」

「わたしはいいから、飲みなよ」

「じゃあ」

ちょうどやってきた店員に生ビールを頼む。万由はウーロン茶だ。つまみは、板わさとだし巻き玉子。典型的な蕎麦屋メニュー。

すぐに届けられたジョッキとグラスで乾杯する。ビールを三口ほど飲む。昼から酒を飲むことはほとんどないが、飲めば飲んだでうまいと感じる。

「ごめんね、何かせわしなくて」

「いや。こっちこそ、何か悪いな。遠まわりさせて」

「ううん。新幹線一本で行けるようになったから便利だし」

東京から金沢まで一本で行けるようになったということだ。北陸新幹線が開通するまでは不便だった。万由は夜行バスで帰ったりもしてた。

「バスは安いからいいんだけど、この歳になると、やっぱりキツいのよ」

「最近のバスは設備がいいんだろ?」

「そうは言っても、イスはイス。限界はあるわよ。ずっとは眠れないし、眠れても疲れはとれない。結局、実家で昼寝することになっちゃう」

板わさとだし巻き玉子を食べ、ビールを飲む。話をする。

「ハワイ、どうだった?」

「どうだった? って。行ったの、八月よ」

帰国後、あちこちの風景を撮った画像をもらった。おみやげということで、マカダミアナッツももらった。宅配便で送るならいいよ、と遠慮したが、ナッツならお酒のつまみになるわよ、と言われ、やはりもらった。マウナロアとかいう、いかにもハワイっぽいやつだ。普通の塩味もうまかったが、オニオン&ガーリックというのもうまかった。

酒のつまみどうこうでなく、あっという間に食べてしまった。

それからもう四ヵ月。で、今ごろハワイの話。頻繁に会ってると話題はなくなるもんだが、会わないなら会わないで話題はないもんだな、と思う。

「でも、まあ、楽しかったわよ。結局、テニスはそんなにしなかった。やっぱり暑くて」

「海は？」

「入った。泳いだのは一日だけど」

「テニスもそんなにやらなくて、泳いだのも一日なら、何してたわけ？」

「観光。見るところはたくさんあるもの」

「そうか。そうだよな」

「食べものもおいしかった。モチコチキンとか」

「モチコ？」

「おもちの粉で、もち粉。小麦粉とか片栗粉の代わりにもち粉をまぶして揚げるの」

「うまいの？」

「唐揚げみたいなものだからね、おいしいわよ。ガーリックシュリンプとか、ほかにもおいしいものは多いけど、ちょっとカロリーが高い。暑いところだから、炒めたり揚げたりで」

「楽しめた？」

「うん」

「親睦《しんぼく》も、深められたわけだ」

「まあ、そうね。来年も行こうなんて話も出てる」

「今度はグアムとか？」

「じゃなくて、台湾とか」

「あぁ。そっち方面か」

「またちがう感じにおもしろそう」

ビールを飲み、だし巻き玉子を食べる。最近、店で出されるのはこのだし巻き玉子が多い。美鈴と別れてから、普通の玉子焼きを一度も食ったことがないような気もする。

「今もお好み焼きとか、食べてる？」と万由に尋ねる。

「もうそんなには食べないかな。おいしいけどね、年齢的な意味で、ちょっと重い。そこは、ほら、胃が粉もので鍛えられてないのよ。大阪育ちじゃないから」

「大阪に実は巨人ファンが多いってのは、ほんと？」

「そうなの？　それは知らない。というか、まず野球自体をよく知らないから」

「どうしても阪神ファンが目立っちゃうけど、巨人ファンも結構いるって話だよ」

「まあ、そうなんでしょうね。だって、全国的には巨人ファンが多いんでしょ？　それなら大阪にもいるわよね」

何故だろう。するのはそんな話ばかりになる。おれの話でもない。万由の話でもない。

何というか、周辺の話。

　そしておれらは蕎麦を注文する。おれはきつね蕎麦。万由はとろろ蕎麦。その蕎麦を待つあいだに、板わさとだし巻き玉子を片づける。

　万由がちょっと踏みこんだことを言う。

「大阪は苦手だろうと思ってたけど、行ってみたらそんなことなかった。初めはちょっと驚いたの。東京の人は気どってるとか情が薄いとか言われて。でもすぐに慣れた。冗談混じりのあいさつみたいなもので、いやな感じもしないし。むしろ大阪の人が東京に来たときのほうがキツいのかもね。東京の人は、そういうのを隠すから。で、本人がいないとこであれこれ言う」

「あぁ。そうかもな」おれはビールを飲んで、万由に尋ねる。「二年で、戻るんだよな？」

「今のところその予定だけど、会社の人事だから、どうなるかはわからない。やっぱり変更、となってもおかしくない。もしこのままいろと言われたらそれも悪くないかなぁって、ちょっと思ったりもする。残りたいって希望なら、出せば通るみたいだし」

　なかなかに衝撃的な情報だ。もしかして、気になる相手でもできたのか？　そんな下卑た質問を、板わさの最後の一切れとともに飲みこむ。

　そして蕎麦が届けられる。二人、それぞれに食べる。そのあいだはしゃべらない。蕎麦のつゆの色は薄い。関西風、かもしれない。うまい。

万由より先に食べ終えて、さらりと言う。

「娘が妊娠しちゃったよ」

「え？」

「娘に、子どもができた」

「ほんとに？」

「ああ」

「何で？」

何でか。理由は一つしかない。もちろん、万由はそれを訊いたんじゃない。どんな経緯でそうなったかを訊いたのだ。考えてもみれば、おれだって、経緯はよく知らない。いくら娘とはいえ、そこまでは立ち入れない。

「相手は娘の友だち。同学年の」

娘。万由の前ではいつもそう言う。美月ではなく、娘。『ソーアン』のマスターや冬香ちゃんの前では美月と言うのに、万由の前では、娘。おかしなもんだ。万由のほうが関係は近いのに。

「カレシってこと？」

「カレシというほどでは、ないらしい」

初め美月はカレシだと美鈴に言った。が、そのあと断片的に知った情報をつなぎ合わせてみると、カレシとは言いづらい。美月は好きだったのだろう。だが深谷陸はどうだったのか。何とも言えない。一対一で話したときも訊けなかった。お前はほんとに美月が好きだったのか？　とは。

「美鈴から電話がかかってきて、言われたんだ。娘が妊娠したって」

美鈴のことは、万由の前でも美鈴と言う。ほかに呼びようがない。元妻、はわずらわしいし、あいつ、はエラソーだ。だから美鈴。おかしくない。万由は一度、電話で美鈴と話したことがあるし。

背後を通りかかった店員にビールのお代わりを頼む。わさび茎漬《くきづ》けなるものも頼む。

「どうするの？」と万由に訊かれ、

「産むよ」と答える。

「学校は？」

「やめた。おれも先生たちと話したよ。やめさせたそうな感じだった」

「いつづけたところで、娘さん自身にいいこともないか」

店員が持ってきたビールのジョッキを受けとり、空いた分を渡す。すぐにわさび茎漬けも届く。

「じゃあ、娘さんとはちょくちょく会ってるの？」

「ちょくちょくでもないけど、たまに一緒に歩いたりはしてるよ」

「歩く？」

「散歩というか、ウォーキング。ちょっとは体を動かしたほうがいいみたいだから」

「それに付き添うんだ？」

「休みの日だけね。ほかの日は、娘の友だちが付き合ってくれてる。ありがたいよ」

「妊娠かぁ」と言って、万由がウーロン茶を飲む。

「そんなことがあってバタバタしてたから、大阪に行けなかったんだ」

言い訳めいてるな、と思う。三勤一休の一休をすべて美月にとられてたわけじゃない。行こうと思えば行けたはずだ。だが気がそちらへ向かなかった。美月から離れるほうへ向かなかった。

「相手の子とは、どういうことになるの？」

「どうにもならないよ」

「一人で育てるってこと？」

「そう」

「養育費なんかは？」

「もらわない。その代わり何も言わせない。そういうことになった」

弁護士に相談して、その旨の書類も作成した。それは美鈴がやった。そこまではおれも顔を出さなかった。それはいい、と美鈴も言った。あとは単なる事務手続きだから、と。

「力になってほしいって、奥さんに言われたの？」

「初めは。でも途中からは、おれが自分で」

「動いた？」

「そう。娘を怒らせたり何だりして」

それを聞いて、万由がくすりと笑う。

「ん？」

「怒らせそうだなと思って」

「あぁ。怒らせたよ。見事に怒らせた。もう来んな！　って言われた」

「そんな言い方はしないでしょ」

「いや、ほんとにしたよ。そのまんま。もう来んな！　って」そしてこう言い足す。「といっても、別にヤンキーじゃないからな」

わさび茎漬けを箸《はし》でつまんで食べる。うまい、と思った直後に、強烈な辛味がくる。鼻の奥がツンとする。で、それが続く。止まない。

「泣いてるの？」

「いや、わさび。すごいわ、これ」

そう言って、ビールを飲む。やや中和されるが、鼻の奥のツンは残る。根強く。

万由もその茎漬けを食べる。言う。

「そんなでもないじゃない」

「すぐにくるよ」

しばし待つ。

「こないけど」

「じゃあ、何だ、おれが食ったとこに当たりがあったのか？」

「漬けものでそれはないんじゃない？」

おそるおそるもう一度食べてみる。待つ。こない。まったくではないが、さっきほどはこない。

「何だろう。やっぱ泣いたのかな」

今日、万由に美月のことを話すつもりはなかった。まるでなかった。なのに、話してしまった。何故か？　話すことがなかったからだ。美月のことが今はおれ自身のことになってるからでもある。

二杯めのビールを飲み干し、わさび茎漬けを食べきる。

「じゃあ、行くか」とおれが言い、

「うん」と万由が言う。

席を立ち、出入口のわきにある勘定場へ。支払いはおれがする。出すわよ、と万由が言わないことにいくらかほっとする。

ごちそうさま、をともに言い、二人、店を出る。さあ、どうするか。

「コーヒーでも飲む？」とおれ。

「この感じだと、どこも混んでそうよね」と万由。

「そうだな」

「お腹もいっぱいだし」

でもコーヒーぐらいは入るだろ、とは言わない。言わずに、万由の言葉を待つ。方針を委《ゆだ》ねる。

「電車、もう乗っちゃおうかな」

「新幹線？」

「うん。指定席のキップを買ってあるわけでもないから。今乗れば、早いうちに実家に着けるし。いい？」

「おれは、いいよ」

時間はないこともない。が、おれも万由も四十代。その時間を利用してホテルへ、とはならない。もう四十代だからならないのだと、自分に言い聞かせる。

で、万由は本当に新幹線に乗る。八重洲地下中央口の改札前で、おれらはあっさり別れる。おれは改札内に入らない。久しぶりに来たから銀座辺りをぶらっとしていくよ、と言う。ならわたしも行くわよ、と万由は言わない。軽く手を挙げて、改札の向こうの人混みへと紛れていく。

万由の姿が見えなくなると、おれは歩きだす。どこか地下鉄の駅まで行き、私鉄に乗り換えて四葉に帰るつもりでいる。銀座をぶらっとする気は、初めからない。

何だかポヤ〜ンとする。正月三日の空気というのはどこもそんなもんだが、理由はそれだけでもない。

人はやはり離れるべきじゃない。時間的にも、空間的にも。離れてしまうと大変だ。十一年も美鈴や美月と離れてたおれには、それが痛いほどよくわかる。十一年あれば、多くのことが変わってしまう。三十四歳のおっさんは四十五歳のおっさんになるだけだが、六歳の女児は十七歳の女子になってしまう。母親になろうともしてしまう。

万由と九ヵ月ぶりに会ったばかりなのに、おれはこうして美月のことを考えてる。六歳でおれと別れてからの美月。九歳のときの写真、十二歳のときの写真、十五歳のときの写真、全部見せてくれないかな。そんなことを思ってる。あとで美鈴に頼んでみようかな、と。

ちなみに、その期間のおれ自身の写真はない。ガラケーにも、画像は一つもない。どこかへ行くたびに写真を撮るという習慣がないのだ。職場絡みでの何かがなければ、たぶん、写真は本当に一枚もない。男なんてそんなもんだ。家族がいなきゃ、写真は撮らない。最近よく聞く自撮りとかいうのは、おれよりもずっと下の世代がやることだろう。

ポヤ〜ンとした正月の東京を一人で歩く。ポヤ〜ンとはしてても、そこは一月。寒いことは寒い。ただ歩いてるだけで、洟がツツ〜ッと垂れてくる。チノパンの後ろのポケットからハンカチを出し、その洟を拭《ぬぐ》う。

一人暮らしでもちゃんとハンカチを持ち歩くんだからおれも大人だよな、と思う。ただし、そのハンカチはポケットに入れっぱなし。三日は洗濯してない。最後に洗濯をしたのは去年の大晦日《おおみそか》だから。

一月三日、火曜日。まだ午後三時前だが、火曜日はすでに過ぎ去った。そんな感じがする。

テューズデイズ・ゴーン。

池沢蘭の卒検は、おれが担当した。別に意図したわけじゃない。というか、そこは意図できない。単なる巡り合わせでそうなった。

卒検。教習所外の路上で行われる卒業検定だ。教官なら誰でも検定を担当できるかと言うと、そうじゃない。兼ねる場合がほとんどだが、教習指導員と技能検定員は別ものだ。資格はそれぞれにとる。しかも、普通や中型や大型といった車種ごとにとらなきゃいけないから大変だ。おれは普通車の教習指導員の資格をとった五年後に技能検定員の資格をとった。

路上に出る前、所内で行われる修了検定で不合格になる者は結構いるが、卒業検定はそれほどでもない。すでにある程度技術は備わってるので、よほどのミスをしない限り不合格にはならない。

蘭はすんなりいった。検定時の同乗者となったもう一人の教習生とともに、無事合格した。ありがとうございました、とあとでおれに言ってくれたので、おめでとう、と返した。

その日の夕方には、臼井しのさんの教習があった。例によって指名予約をしてくれたのだ。

しのさんのことは、もうずっと考えてた。しのさんが四葉自教に入所した理由、つまり免許をとりたい理由を聞いた去年のあの日から、ずっとだ。

聞いたそのときは素直に感心した。感動さえした。だから、がんばろうよ、と言った。おれも付き合うから、と。どちらも本気で口にした言葉だ。だが時間が経つにつれて、気持ちはちょっと変わった。何というか、揺らいだ。理由を聞いてしまったからこそ、揺らいだ。ボディブローのようにじわじわ効いてきた感じだ。

しのさんは孫娘の羽夜ちゃんのため、そして義理の娘の咲恵さんのために免許をとりたい。おれだって、とらせたい。こんなことを言っちゃいけないが、何なら、これまで見てきたどの教習生よりとらせたい。

ただ。

しのさん。上達はしてる。運転に慣れてきてもいる。が、どうしてもミスが出てしまう。毎回、教習中に一度は、あぶない！　と思わされてしまう。そんなのはどの教習生にもあることだ。ご高齢の教習生に限らない。若い教習生にだってある。だがミスをしたあとの反応が、しのさんはどうしても遅いのだ。その部分は、今後も改善していかないように思える。思いたくはないが、思ってしまう。

例えばあの林田佳世にも似たようなところがある。ミスをしたときや危険な状況になったときにパニクってしまうようなところ、だ。それでも、そこではエンジンがかかる。教習車にではなく、林田佳世自身にかかる。集中力は増し、どうにか機敏に動く。動ける。

しのさんにはそれがない。一瞬、固まってしまう。動くのがワンテンポ遅れる。どうしても遅れる。それは交差点のなかなどでは命とりになる。S字とクランクでのミスは自爆で終われるが、交差点でのミスは人を巻きこむことにもなる。

そして今、この時限でも、しのさんはミスをする。右折のため交差点に入った先行の教習車が対向車の通過待ちで停まったことに気づくのが遅れ、追突しそうになる。

おれは教官用のブレーキを強く踏みこんで、教習車を停める。しのさんが右足をアクセルからブレーキに移すのはそれからだ。やはり遅い。

おれがブレーキを踏まなかったら追突してたと思う。速度は落としてるから、大した事故にはならない。だが事故はダメなのだ。その程度でも人は傷つく。先行車のドライバーがむち打ちになることもある。後遺症が出ることもある。出てないのにそんなことを言いだす者もいる。そんなこんなで、とにかく事故はマイナスを生む。マイナスしか生まない。

ガクンと停まった教習車のなかで、しのさんはおれに言う。

「ごめんね。またやっちゃったよ。前を見てなかったわけじゃないのに」

ということは、つまり、ぼーっとしてたわけだ。注意力が散漫になってたわけだ。

先行車が右折する。前が空き、見通しがよくなる。

「このまま直進して交差点を抜けたら、次を右に曲がって、停まろうか」

「休憩かい？」

「いや、休憩じゃない。指導だよ」

「そうか。そりゃそうだよね」

言われたとおり、しのさんは直進して交差点を抜けたあと、次を右に曲がって、停まる。その際、ウインカーは適切に出す。右折のときは右、停まる前には左。タイミングも遅くない。ベスト。そういうことは、ちゃんと身についてるのだ。運転に集中してさえいれば、だいじょうぶ。

コース内のその道は広いので、停車してても問題はない。だがおれは停車を駐車に変える。しのさんにエンジンを切らせる。車内を無音にし、そのうえで、口を開く。

「しのさん。おれは、ちょっと厳しいことを言わなきゃいけない」

「今日もハンコをくれないんだろ？　わかってるよ」

「それもそうだけど。もうちょっと厳しいことだよ」

「ん？　何だい？」

気合を入れるべく、ふっと短く息を吐く。おれ自身にとっても、教官になって一番厳しい場面だ。言う。

「免許をとるの、やめたほうがいいんじゃないかな」

「え？」

「事故を、起こさせたくないんだよ。しのさんに事故を起こさせたくないし、羽夜ちゃんも事故に遭わせたくない」

「何だい、いきなり」

「前々から考えてたんだ。ずっと、考えながら、しのさんの運転を見てた。だいじょうぶだいじょうぶと、自分に言い聞かせもしたよ。でもそれはやっぱり、基準を甘くするってことだ。しのさんのためにならない。絶対に、ならない」

「もうやめろって言うの？」

「結果的には、そうなっちゃうかな」

「教官がそんなこと言っていいのかい？」

「よくないよ。ほんとに、よくない。ダメな教官だと思うよ」

　本気でそう思う。教官がそんなことを言っていいわけがない。指導員としてもダメだし、サービスを売る人間としてもダメだ。お客さまに、あなたには売りません。言っていいはずがない。本来なら、やめるやめないの判断は、教習生自身にさせなければならないのだ。教官は、やめることを促してはいけない。技量が基準に達してないならハンコは押さない。みきわめも与えない。やれるのはそれだけ。

「こないだはがんばろうって言ったのに、今度はやめろって言うんだね。何時間もオーバーして、その分のお金もとられて。それでも、やめろ、なんだね」

そう思われるのも無理はない。おれがしのさんだって思うと思う。おれが六十九歳の益子とよなら、ふざけんじゃないよ！　と怒鳴ってるだろう。所長を出してよ！　とさえ言うかもしれない。

だがしのさんは怒鳴らない。むしろポツリと言う。

「わたしは、やっぱりダメなんだね」

「ダメなんかじゃないよ。しのさんはダメじゃない」

「でも、無理なんだろ？　免許はとれないんだろ？」

「とれないとは言えない。続ければとれるかもしれない。ただ、そのあとのことを考えてほしいんだ。免許をとったからには車に乗る。そのときはもう一人だ。おれもほかの教官もいない。ブレーキは自分で踏まなきゃいけない。そのほかのことも、全部自分でやらなきゃいけない。人を乗せるなら、その分の責任も負わなきゃいけない。事故を起こしたら保険で補償する、じゃなくて、まず事故を起こさないようにしなきゃいけない」

「わかったよ。あんたはわたしには無理だと思ってる。それはわかった」

おれは何も言えない。そうじゃないとは、もう言えない。無理だと思ってる。そのとおりだ。認めるしかない。

「じゃあ、教習を再開するよ」

実際におれは教習を再開する。しのさんにあれこれ指示を出す。しのさんはその指示にしたがう。残りの十分で大きなミスはしない。小さなミスもしない。免許をとって公道に出てもずっとそうできると思えたらどんなにいいだろう。おれはそんなことを思う。指示への返事以外では口を開かなくなったしのさんの隣で。

重苦しい空気のまま、教習は終わった。しのさん自身が予想したとおり、ハンコは押さなかった。

次もがんばろう、とはさすがに言えず、おれはこう言った。

「おつかれさま」

「お世話さん」

しのさんは教習車を降り、去っていった。

「切り換えろ切り換えろ」とつぶやいて、おれも教習車から降りた。

そして職員用のトイレに行って小用をすませ、水で顔を洗った。ハンカチで拭って鏡を見ると、泣きそうな顔をしたおっさんがそこにいた。

次の時限の教習生は、麻生七八だった。大学サッカー部員の七八だ。ツイてるな、と思った。どうにか切り換えられそうだ、と。

「久しぶりじゃん」と自分から言う。

「マジでお久しぶりです。丸一ヵ月ぶりですよ、ここに来たの。去年、十二月の半ばに来たとき以来です」

「サッカーは、どうした？」

「負けちゃいました、二回戦で」

「てことは、一回戦は勝ったの？」

「はい。相手がそんなに強くなかったんで。二回戦はもう、コテンパンです。〇対四で負け」

「そっか。その一回戦では点とった？」

「いえ、ダメでした。逆にイエローカードをもらいましたよ、シミュレーションで」

「シミュレーション？」

「ＰＫ狙いでダイヴしたと主審に思われちゃって」

「あぁ。大げさに転んだりするあれだ」

「実際に相手の足はかかってたんですけどね。だから転んだんですよ。はい、かかった、よし、オッケーってことで」

「じゃあ、わざとじゃん」

「まあ、それに近いんですけど」

笑った。こんな教習生がいるとたすかる。特に、さっきのしのさんとのあれのようなキツい教習のあとは。

だがキツいのはおれだけじゃないらしい。七八はこんなことも言う。

「今日は無理して来ましたけど、たぶん、またしばらく来れないです」

「何で？　サッカーは終わったんでしょ？」

「今度は卒論です。何も準備してなかったんですよ。だから今はかかりっきり。まさかチームがインカレに進めるとは思ってなかったんで、その時期にやるつもりでいたんですよね。で、いざとりかかってみたら、これがムチャクチャ大変で」

「卒論は、そうだよね」

「益子さんもやりました？」

「うん」

「何だ。益子さん、大卒なんですか」

「何だって何よ」

「いや、何か、ぽくないなぁ、と思って」

「おいおい、失礼しちゃうぜ」

「だって、インテリ感はないし」

「それはお互いさまだろ。でもさ、体育会だと、多少は融通を利かせてもらえるんじゃないの？　おれのころはそうだったような気がするけど」

「ウチはそれ、ないんですよ。変に文武両道をうたっちゃってるから、甘く見てもらえないんですよね。といっても、授業の出席ぐらいはどうにかなるんですけど。でも卒論は無理です。それは教授なんかにもはっきり言われます」

「じゃあ、そのことは知ってたわけだ」

「まあ」

「なら、もっと前から準備しときなよ。十二月よりも前から。卒論て、そういうもんでしょ」

「益子さんも、早くから準備、しました？」

そうこられるとツライ。例によって、うそはつきたくない。だから言う。

「してない。おれも十二月から」

「ほら」

「でもおれにサッカーはなかったからね。進める可能性がある全国大会もなかったし」

「とにかく、マジ、キツいです。卒論が出せなくて卒業できなかったら、就職もアウト。もう、ほんと、ヤバいです」

「いつなの？　提出期限」

「月末です。だから、やっぱしばらく来れないです。最後の一週間は徹夜の嵐かも」

「徹夜。できるだけうらやましいよ。おっさんになったら、したくてもできない」

そんな話をして、七八の教習を終えた。運転の技量に問題はなかったので、普通にハンコを押した。

で、思った。そうやって簡単にハンコを勝ちとれる七八の若さがうらやましい。その五分の一でも、いや、十分の一でも、しのさんに分けてほしい。

明日は休み。となれば、当然、『ソーアン』に行く。そこには意外な人がいた。幹矢くんだ。冬香ちゃんの息子の森田幹矢くん。しかも、カウンターの外側にじゃなく、内側にいた。アルバイトを始めたというのだ。

それには大いに驚かされた。おれがこの店に通って七年。店員の増減はなし。ずっと、マスターと冬香ちゃんの二人だけ。で、初めての増。それが幹矢くん。

おれがドアを開けて入っていくと、先に幹矢くんが気づき、言ってくれた。

「あ、お久しぶりです」そのあとにこの言葉が続く。「いらっしゃいませ」

「あれっ、久しぶり」

「ぼくが誰かわかりますか？」

「わかるよ。森田くん。えーと、幹矢くん」

幹矢くんとは、一昨年、四葉自教で会ってる。教官と教習生だったので、森田くんという呼び名が出た。この店で冬香ちゃんやマスターと話すときは幹矢くんと言うが、本人を直接そう呼んだことはないのだ。

「教習所ではお世話になりました」

「別に大した世話はしてないけど。車、乗ってる？」

「いえ。たまに友だちの車を運転させてもらう程度です。ウチは車がないんで」

「冬香ちゃんも、免許は持ってるよね？」

「持ってますけど、見事にペーパーですよ。免許はゴールド、なんて自慢してます。乗ってないだけなのに」

店にその冬香ちゃんはいない。いるのはマスターと幹矢くんだけだ。

「たまにはそんなふうに機会をつくって乗るようにしたほうがいいよ。特に免許とり立てのうちは。慣れてないのに乗らなくなると、やっぱり勘は鈍るからさ」

「はい。だからバイトして、中古の軽でも買おうかと」

「もしかして、ここでバイト？」

その質問には、横にいたマスターが答える。

「そう。ほら、ウチは今、昼のカフェ営業もしてるでしょ？　そっちも安定してきたんで、冬香ちゃんのほかにもう一人雇おうと思ってたのよ。どうせなら、昼だけじゃなく夜も入れる人を。でもなかなかいないんだよね、そういう人は。雇われる側としては、時間が決まってないと働きづらいから。そしたらさ、冬香ちゃんが言ってくれたわけ。じゃあ、マスター、ミキをつかってくださいよって」

「それまでやってたカフェのバイトをやめたとこだったんで、ぼくもちょうどよかったんですよ。ここなら家から近いし、時間の融通も利かせてもらえるから。まさか自分が母親と同じ店でバイトすることになるとは思いませんでしたけど」

森田冬香幹矢親子は、みつばに住んでる。ＪＲのみつば駅から二十分歩いたとこにあるみつば南団地だ。だから冬香ちゃんはこの『ソーアン』に通えるし、幹矢くんも四葉自教に通えた。

いつものカウンター席に座ったおれに、マスターが説明する。

「二人同時に入ってもらうことはないんだ。片方が昼なら、もう片方は夜。でもこの感じはちょうどいいよ。ほんと、たすかる。何せ、親子だから、どっちが昼でどっちが夜っていう調整を自分たちでやってくれるからね。実はさ、幹矢くんのことは前々から狙ってたんだ。二十歳になったらやってくれないかと思ってたんだよね。夜はアルコールを出すから十八、九じゃあれだけど、二十歳ならいいかなと。冬香ちゃんが自分から言ってくれてたすかったよ。さすがに僕からは言いづらかった。親子で働いてくれとはね」

「フユはもう、速攻でしたよ。ぼくがカフェのバイトをやめたことを知ったら、じゃ、ミキ、明日面接行くよって。そう言ってきたのが、まさに二十歳の誕生日」

フユ。幹矢くんも相変わらず冬香ちゃんをそう呼ぶ。初めはすごいと思ったが、もう慣れた。うらやましいとは、今も思う。二人はごく自然にそれをやる。カッコいいと思ってるふしはない。無理した感じもない。冬香ちゃんと幹矢くん、双方と接したうえで、そう思う。

「益子ちゃん、ギネス？」とマスターに訊かれ、

「うん」と答える。

「じゃ、幹矢くん、頼む」

「はい」

幹矢くんがおれにギネスを出す。ショットボトルを開け、コースターに置いたグラスに中身を注いでくれる。冬香ちゃんにくらべれば動きはぎこちないが、丁寧だ。これは彼の資質。幹矢くんは運転も丁寧だった。たぶん、今もそうだろう。

「今日はバイト何日め？」と尋ねてみる。

「三日めです。今日は必ず益子さんが来る、今から二十分以内に来るって、マスターが言ってました。で、十分のあたりでドアが開きました。益子さん、ほんとに常連さんなんですね。聞いてはいましたけど、こんなに早く会えるとは思いませんでした」

「四葉自教でもらった給料をほとんどここで落としていくからね。といっても、休みの前の日だけにしてるけど。懐《ふところ》のためにも、仕事のためにも」

「そうか。教官さんですもんね」

「教習のときに酒の臭いをさせてたことは、一度もなかったでしょ？」

「と思います」

「思いますはやめてよ」

「なかったです」と幹矢くんが笑う。

幹矢くんは冬香ちゃんに似てる。笑顔は特に似てる。イケメンといえばイケメンだ。モテるだろう。モテモテまではいかないが、周りにいる何人かのなかで必ず一人は幹矢くんを気に入る女子がいる。そんなモテ方だと思う。幹矢くんを見てると、母親がしっかりしてれば子どもはちゃんと育つんだな、とも思う。美月を見てもそう思うが。

あっという間に一本めのギネスを空け、二本めを、今度は直接幹矢くんに頼む。そしてマスターに言う。

「二十歳になったってことはさ、幹矢くんに一杯おごってもいいの？」

「いいも何も。僕がダメなんて言えないよ」

「幹矢くんは、お酒飲む？」

「飲みますね。ほどほどにしなさいよと、フユには言われてますけど」

「なら、好きなのを何か一杯飲んでよ」

「じゃあ、同じギネスを頂いていいですか？」

「どうぞどうぞ」

「では」

幹矢くんはいただきますと言って、さっそくそのギネスを開ける。グラスに注いだりはせず、ショットボトルから直に飲む。それが様になる。おれみたいなおっさんが直飲みをやるとただの飲んべえになってしまうが、幹矢くんみたいな若い子がやるとカッコいい。昔のコーラのCMのような爽《さわ》やかさがある。

ナッツをつまみ、訊いてみる。

「今、大学二年だよね？」

「はい」

「幹矢くんの周りの子たちは、ロックなんて聴く？」

「あんまり聴かないですね。ビートルズとかローリング・ストーンズとか、名前は知ってても聴きはしないし。聴くのは、ヒップホップ系とか、あとは日本で流行ってるものかな。でもぼくは聴きますよ。小学生のころから、フユがマスターに借りてきたCDが家にあったりしたんで、よく聴いてました。だからこういうのも好きですし」

こういうの。今流れてるスカイマップ・アソシエイツ。マスターの子どもたち、吉野チルドレンのバンドだ。

曲名までわかる。『気をつけな』。陽が昇るときは気をつけな。鳥が鳴くときは気をつけな。身が軽いときは気をつけな。愛されたときは気をつけな。そんな具合に、気をつけな、がひたすら連呼される。ヒップホップではない。ロックの一言ですませられる単純なロックでもない。だが根っこはロックだ。ガツンとくる。

「維安くんと叙安ちゃんに会ったこと、ある？」

「ありますよ。中学生のころに」

そしてマスターが引き継ぐ。

「スターに会わせてあげるって冬香ちゃんに言われて、ここに連れてこられたんだよね？　で、いたのが維安と叙安。幹矢くん、きょとんとしてたよ」

「スターだって言うんで、テレビによく出るような人たちがいるのかと思ってましたからね」

「テレビはどこかのBSの番組に一度出たことがあるだけ。わかるわけないよね」

「でもスターでしょ」とおれが言う。

「そうなんですよね」と幹矢くん。「あとで知りましたよ、イギリスでは結構知られてること。それでもう、鳥肌がきました。フユのことまで見直しましたよ。ロックスターのお父さんがやってる店、すごいとこで働いてるんだなって」

「そのすごいとこが、実際はこれなんだけどね」とマスター。

「常連はこんなだし」とおれ。

「いや、でも大学の友だちに一人、スカイマップを知ってるのがいて、話したらムチャクチャ興奮してましたよ。今度店行く、絶対行くって」

「じゃあ、三十人とか連れてきてもらっちゃってよ」とマスター。「何なら貸し切りでもいいから」

「三十人、入れないじゃん」とおれ。「それに、貸し切りにされたらツラいよ。仕事終わりに来て入れなかったらショックがデカい」

「益子ちゃんはオーケー。特別に入れるよ」

「周りがみんな大学生ってのもちょっとな」

「でもあれですよ」と幹矢くん。「益子さんなら、すんなり溶けこむんじゃないですかね。ぼくも教習のとき、全然緊張しなかったし」

「いや、無理無理。おれのほうが緊張するよ。こう見えてチキンだから」

「だとしても、益子ちゃんはいいチキンだよ。ちょっとはチキンじゃないと、いい人間にはなれない」

「何それ」と笑う。「じゃあ、そろそろアボカドバーガーいこうかな」

「了解」とマスター。「幹矢くんもさ、早くこのバーガーをつくれるようになってよ。そしたらもう一人前だから。といっても、三日もあればつくれるようになっちゃうけど。いや、幹矢くんは器用だから、二日でいけるかな」

やはり酔いのせいか、幹矢くんが、冬香ちゃんとはつながりのない弟と、そして父親と会ったのかを、また訊いてみたくなる。が、抑える。幹矢くんは冬香ちゃんと仲がいい。それで充分だろう。美月は美鈴と仲がいい。それで充分なのと同じだ。

ギネスのあとにブラックブッシュを二杯。楽しい時間は過ぎる。

『ソーアン』を出たのは午後十一時。フォーリーフ四葉への帰り道、この時間でもいいだろうと思い、美月にメールを出した。

〈困ったことがあったら言えよ〉

期待してなかった返信がすぐにきた。

〈あったらね〉

素っ気ないと感じた。が、やや遅れて別の思いがくる。今この瞬間、美月に困ったことはないのだ。そのことがうれしい。

十一時を過ぎてんだから、メールなんか打ってないでもう寝ろよ。美月。

# 二月　夜の精

二月はまだ寒い。五十分ごとに教習車から外に出る。その十分休憩で充分寒いことがわかる。気を張ってる教習生はそれでもわき汗をかくが、おれら教官はかかない。一日八時間、ずっと気は張れない。

二月。卒論の提出期限は過ぎたはずだが、麻生七八は来ない。二週間が過ぎようとしたあたりでそのことに気づく。そういえば来ないなと。

で、そう思った翌日に来る。隣に座り、訊いてみる。

「卒論は出したの？」

「あぁ。出しました。ぎりでしたよ。ぎりもぎり。期限は三十一日の午後二時で、午後一時半すぎに出しました。あとで思いましたよ、電車が遅れたらアウトだったなって」

「出せたんならよかった。でもそれにしては、間が空きすぎてない？」

「そうなんですよ。またいろいろあって」

大学四年。サッカーが終わり、卒論も終わった。あとは何があるのか。

七八は言う。

「今度はカノジョとモメちゃったんですよ」

「あぁ」

「聞いてくださいよ。もうマジで参りますよ。昨日もバレンタインデーだってのに大ゲンカですよ。別れる別れないぐらいのとこまでいっちゃって。だから今日は気分転換に来ました」

「気分転換に、教習所？」

「はい。カノジョは、何か、大学ももう終わりなのにサッカーだ卒論だであんまりかまってやれなかったことに怒ってたみたいです。で、卒論出したから教習所行くわって言ったら、爆発しちゃって。大学四年のこの時期はこの一度しかないんだからね、とか言ってました。何なんだって感じですよ。そんなの当たり前ですよね。どの時期だってその一度しかないっつうの。そりゃ行きますよ、教習所。免許とらなきゃヤバいんだから。そう言ったら、あんたは全部そうなんだって。たぶん、卒論のことを言ってたと思うんですけど。カノジョは早めに準備してて、十二月にはもう仕上げてたから。でも体育会と一緒にしないでほしいんですよ。カノジョも英語のサークルには入ってたけど、やっぱ体育会とはちがいますからね。で、それを言ったら、また爆発ですよ。体育会はエラいの？　特別なの？　って」

　カノジョの言うことも理解できなくはない。今はどうか知らないが、おれが大学生のころは、エラソーな体育会野郎どもが確かにいた。結構いた。話をする限り、七八はそのタイプじゃない。ただ、無頓着《むとんちゃく》ではあるのかもしれない。きちんとした女子なら、カリカリくるだろう。

「いっそのこと別れちゃおうかと思いますよ。無関係な益子さんにだから言いますけど」

「別れるかどうかは別にして、免許は、早くとらないとね」

「ですね」

時間の問題だろうな、と思う。免許がじゃなく、七八とカノジョの関係が。今その感じなら、近いうちに別れてしまうだろう。大学の卒業は鬼門なのだ、カップルにとっては。

中学や高校の卒業以上の、船出。二十二、三にして、もしかしたら最後になるかもしれない、大きな船出。学校から学校へ、ではない。学校から職場へ。大げさに言うなら、社会へ。その変化は大きい。長い休みがなくなるだけでも大きいが、人間関係だの何だの、それ以外の部分がまた大きい。二、三ヵ月どころじゃない。対応には二、三年かかる者もいる。対応できずにおかしなことになってしまう者もいる。

そこまで大きな変化のなかで、変化前から付き合ってた相手と変化後も同じように付き合うのは難しい。おれと美鈴は、むしろ珍しい例だと思う。付き合ったのは、おれが就職活動を終えてから。だからどうにかなった。結婚まで行き着いた。さらに離婚まで行き着いたのは予想外だが、それはまた別の話だ。

　ともかく、いわゆるキャンパスライフをともに長く過ごしたようなカップルは、卒業後にあっさり別れてしまうことが多いように思う。これは犬飼悦人もそうだった。悦人は同期生のカノジョと大学二年から丸三年付き合った。が、卒業後半年で別れてしまった。何か、そうなっちゃうんだよ、とおれに言った。その感じはよくわかる。何か、そうなっちゃうのだ。

　予告どおり、七八はそれからまたしばらく来なくなった。バレンタインデーの翌日からまたしばらく、ということだ。

　で、来ねえなぁ、と思ってたら、ほかの人が来た。逆に、来るとは思わなかった人。臼井しのさんだ。

　あれ以来、しのさんは姿を見せなくなった。おれが無慈悲な提案をして以来だ。さすがに気になったので、小西陽南子にも訊いてみた。来てないですね、と陽南子は言った。どうしたんだろう。何かあったのかな。

　どうしたのか、何があったのか、を言うことはできなかった。おれがやめろと言っちゃったんだよ、とは言えなかった。陽南子なら理解してくれるかもしれないが、実際に教習を見たわけじゃないから、正確に理解するまではいかないだろう。

　そのしのさんから、指名予約が入ったのだ。一ヵ月以上を経て。

　久しぶりに緊張した。その緊張は足どりに出た。何でもない段に蹴《け》つまずいて、あやうく転ぶところだった。教習車に向かうだけでわき汗もかいた。まだ二月。寒いのに。

午前中の二時限目。先手必勝。

「おはようございます」と自分から言った。

「おはようございます。よろしくお願いします」としのさん。

教習原簿を受けとり、いつもの本人確認をする。相手がしのさんでも、ルーティンワークとして、する。もしかしたら、双子の妹かもしれないから。でなきゃ、しのさんに化けた宇宙人かもしれないから。どちらだとしても、おれには見破れないだろうが。

これまでの教習内容の確認もして、教習車に乗る。しのさんはシートの位置やバックミラーの向きを調整し、シートベルトを締める。おれも締める。そのあいだはしゃべらない。前はしゃべってたが、今日はしゃべらない。しのさんが続けるなら最後まで付き合おう。いいドライバーになってもらおう。ただそう思う。

「じゃあ、まずはコースを三周しようか」とおれが言い、

「はい」としのさんが言う。

教習車は走りだす。時速三十キロ弱で直進し、やや減速してカーブを曲がる。一周めは、ともに黙ってる。二周めに入ったところで、しのさんが口を開く。

「よすよ」

「え？」

「免許をとるのはやめる」

「あぁ」

その先、言葉は出ない。何と言っていいかわからない。そうですか。ちがう。よかったです。ちがう。

「わたしも事故は起こしたくない。羽夜を、事故に遭わせたくない」

やはり何も言えない。おれの無慈悲な提案を受け入れてくれたのに、言えない。考えてしまう。おれは正しかったのか？　しのさんは必ず事故を起こすのか？　起こさずにいけることもあるんじゃないのか？

その考えを振り払い、言う。

「娘が事故に遭ったら、親はたまんないよ」

「その事故を起こしたのが身内なら、ほんとにたまんないね」

たまんない、と思う。たまにそんなニュースを耳にする。自宅の前や車庫で親や祖父母が誤って子や孫をひいてしまった、というようなニュースを。そんな場所でスピードを出せるはずもない。一瞬の不注意。それでも、小さな子ならよけられない。大ケガをしてしまう。場合によっては、亡くなってしまう。

「あんたが言うならよすよ。よく言ってくれたね。考えたんだ。あんたがわたしにそう言って得することなんて、一つもないんだよね」

「いや。ウチは、教習所は、得をしちゃうかもしれない」

「あぁ、そうか」としのさんは笑う。「でも、あんたはそれを望むような人じゃないよ」

本当に言葉が出ない。何も出ない。

と思ったら、出る。すんなり出る。

「おれはそんないい人間じゃないよ」

「そういうもんだよ」としのさんもすんなり言う。「たいていの人間は、そんないい人間じゃない。わたしもさ、またいやな人間になるとこだったよ。咲恵さんに対してなったみたいに。実は相当がんばってくれたあんたを、逆恨みしちゃうとこだった」

「逆恨みでは、ないと思うよ。恨むのが普通だと思う」

「あら、三周しちゃったよ。もうちょっと走っていいかい？」

「うん。どうぞ」

　しのさんは走る。S字もクランクも通らない。コースを大まわりに走る。

　その走りを見る限り、ほかの教習生たちとまったく変わらない。外の公道を走ってるドライバーとも変わらない。劣る点は何もない。免許、本当にとらせたくなる。やっぱ続けようか、と言ってしまいたくなる。そこでしのさんが、うん、と言えば、おれはもう抗《あらが》わない。

　だがおれは言わない。黙ってる。しのさんは一ヵ月以上も考えて、自分で結論を出したのだ。その結論は尊重したい。あとは、ここまでのしのさんのがんばりが咲恵さんに伝わることを願うしかない。

　おれは力を振り絞る。高校退学の件で美月と美鈴に言ったことを、しのさんにも言う。

「これは敗退じゃないよ。撤退だ」そしてあのときは言わなかったクサい言葉も足す。

「勇気ある撤退だよ」

しのさんは、思いもよらないことを言う。

「ロックかい？」

「ロックだよ。六十九歳で文字どおりロックな女の人を、おれは心から尊敬するよ」

「わたし、もう七十になっちゃったよ。ほんとは六十九歳で免許をとるつもりだったのに。というかね、あんた、女に歳のことを言うもんじゃないよ」

しのさんがそう言ってくれたおかげで、おれはしのさんに一番言いたかったことを言える。

「ごめん」


その日最後の時限を終えて、教習車を降りる。

すると背後から声がかかる。

「益子さん」

立ち止まって振り向く。良太だ。

「ん？」

「このあと、何かあります？」

「いや」

「じゃ、メシ行きませんか？」

「何だよ。珍しいな」

「たまにはいいかと思って。どうせあれですよね、今夜も一人でコンビニ弁当ですよね」

「うるせえよ」

うるさいが、当たりだ。今夜もコンビニ弁当にするつもりでいる。親子丼、とメニューまで決めてる。

が、それはやめ、良太とメシを食うことになった。

今日はどちらも早番。良太とシフトは同じだが、休みはちがうので、基本、飲みには行けない。いや、行けないこともないが、翌日が仕事ならセーブしなきゃいけないので、行く気にはならない。行ってもせいぜいメシ止まりだ。

良太はいつも電車で通勤してる。ＪＲじゃない。私鉄。四葉駅から歩いてくる。たまには加島さんのように車で来て、コインパーキングに駐めることもある。愛車はホンダＳ６６０。軽オープンカーだ。軽だがその手の趣味性重視車なので、二百万はする。おれのアルトの倍以上だ。スバルレガシィの加島さんに三倍の差をつけられるのはしかたないにしても、十七歳下の良太に二倍以上の差をつけられるとは。

とりあえず、四葉駅まで歩いていく。駅周辺は栄えてないので、大した店もない。『ソーアン』の隣に蕎麦屋があるが、午後八時で閉まる。お客が来なければ、もっと早く閉める。

　で、今はもう七時半すぎ。となると、残るは一つ。何年か前にできたチェーン店の牛丼屋。ほかに選択肢はないから、結局はそこになる。大人二人でのディナー、と考えればさびしいが、二十八歳と四十五歳の男二人で夕メシ、と考えれば妥当。

　テーブル席もあるが、おれらは迷わずカウンター席に座る。良太は超辛キムチ牛丼特盛のとん汁たまごセット、おれは並のサラダセットを頼む。

　メシどきなので店は多少混んでるが、それでも注文の品は二分とかからずに届けられる。

「いっただっきま〜す」と良太がカウンター内の店員にも届く大きさの声で言い、

「いただきます」とおれも小声で続く。

　食う。うまい。つまるところ、牛丼はうまい。大学生のころは、いくらうまいといっても四十代で食うことはないだろうと思ったが、食ってる。人の嗜好《しこう》なんてそう変わるもんじゃない。ガキのころから親しんでたのでなければ、おっさんになっても演歌は聴かない。自分がおっさんになって、その仕組みがよくわかった。ロックを聴いてたガキは、おっさんになってもロックを聴くのだ。

　超辛キムチに怯むこともなくワシワシと牛丼を食い進めながら、良太が言う。

「益子さんて離婚してるじゃないですか」

「何だよ、いきなり」

「してますよね？　離婚」

「してるよ」

「いつですか？　したの」

「十一年前かな」

「再婚はしないんですか？」

「どうだろうな」

「しないと決めてるわけじゃないですよね？」

「決めてはいないよ。相手がいれば、するかもしれない」

「いるんすか？　相手」

「いないこともない」

「何だ。いるんすか」

「何だって何だよ」

「いや、いないのかと思って。いつもコンビニ弁当だから」

「いつもじゃねえよ。ちゃんとスーパーの割引弁当も食ってる。ハートマート四葉店の」

「そういうのをちゃんとって言わないですよ。ちゃんとなら、自炊でしょ」

「めんどくせえよ」

「料理ができる男はモテますよ」

「いいよ、モテなくて」

「一つ訊いていいすか？」

「もういくつも訊いてんだろ」

「結婚て、どうすか？」

「どうって？」

「いいすか？」

「訊き方がアバウトすぎるよ。それじゃ答えられない」

「いや、おれも、どう訊いていいかわかんないんですよ。だから、こう、大まかに。で、どうすか？　いいすか？」

「いいかどうか、一概には言えないけど。したくないのでなきゃ、するようにはできてんのかもな。仕組みとして」

「お、すげえ。まともな答じゃないですか。じゃあ、離婚した今も、結婚自体は、してよかったと思ってます？」

「お前も、ずいぶんまともな質問をするんだな」

「おれは益子さんとちがってまともな人間ですよ。たぶん、四十すぎてロックを聴いたりしないし」

「それは、お前が今の時点でロックを聴いてないからだよ。ほんとにいいものは何歳になっても聴けるんだ。お前が聴くような流行りものは、お前が四十になったときにはもう流行ってない」

「まあ、その話はいいですよ。結婚は、どうすか？　してよかったですか？」

考えてみる。離婚は、してよかった。というか、せざるを得なかった。そのことは何度も考えた。が。結婚してよかったか。それは初めて考える。初めて、そこへさかのぼって考える。出ないかと思ったが、答はすぐに出る。簡単に出る。

「よかったよ」

「お、マジですか？」

「娘ができたからな」

「でも、別れたんですよね？」

「別れても、娘がいなくなるわけじゃない。いることは知ってる。存在を知ってる。それで充分だろ。いや、充分じゃないけどな。でも充分だ」

「いいことを聞きました」

「いいことは言ってねえよ。一番いいのは離婚しないことだ。そうしなくてすむよう、相手とうまくやることだ」

コップのお茶をガブガブ飲んで、良太は言う。

「おれ、結婚するんですよ」

「ほんとか？」

「はい」

「誰と？　って、聞いてもわかんねえか」

「わかります。ヒナコです」

「え？」

「ヒナコ。小西陽南子」

牛丼を食べる手が止まる。持ってた丼をカウンターに置く。

「マジで？」

「マジで？　って。そんなに驚くことですか？　ただの社内恋愛ですよ」

「もったいないだろ」

「おれだっていつかは結婚しますよ」

「いや、お前がどうこうじゃなくて。小西さんがお前にはもったいないって話。小西さんが損してるってこと」

「損て何すか」

「まさかだな。知らなかった」

「初めて言いました。益子さんが最初ですよ」

「いつから付き合ってた？」

「去年の、えーと、いつだろう、十一月の終わり、ですかね」

「じゃあ、まだ三ヵ月ぐらいだ」

「そうですね」

「結婚するってのは、いずれするってこと？」

「いえ、近々しますよ。もう許可ももらったし」

「プロポーズしたってことか？」

「はい」

「小西さんが受け入れたってこと？」

「そうですよ。受け入れられてないのにこんなこと言ってたら、おれ、アホじゃないですか」

「良太なら言うだろ。アホだし」そしておれは言う。「いやぁ、参った」

「何で益子さんが参るんすか」

「事実、だよな？」

「当然ですよ。あの加島さんのことで距離が詰まりました」

「加島さんと池沢さん、というか娘さんのこと？」

「はい。あの件で陽南子がおれに相談してくれたじゃないですか。あれでこう、ぐっと詰まりましたよ。まあ、その相談自体は益子さんに丸投げしちゃいましたけど。でもうれしかったですよ、まずおれに相談してくれて。その前から陽南子のことは好きだったんですよね。ただ、おれのことなんか気にかけてないだろうと思ってて。そこへの相談だったから、もう、一気にいきました。あのあとすぐに言いましたよ、おれと付き合ってくれって」

「で、いいって？」

「はい」

「何でいいんだろう。どこがよかったのかな」

答は返ってこないだろうと思ったが、きた。

「あぶなっかしいとこ、だそうです」

「何それ。訊いたのかよ」

「訊きました。どこがよかったのかって。そしたらそんな答が。あぶなっかしくて見てらんないみたいです。陽南子、言ってくれましたよ。強く出なくていいときは出ないほうがいいですよって。益子さんがそう言ってました。わたしもそう思いますって。せっかくなんで訊きますけど、それは、結局どういうことですか？　もっと大人になれ、みたいなことですか？」

「うーん。大人にはならなくていいけどガキのままでもいるなってこと、かな」

「わかりづらいっすね」

「じゃあ、これだ。少なくともその意味がわかる人間になれってこと」

「なおわかりづらいっす」

「アドバイスってさ、本人に求められたとき以外はするべきじゃないんだけど」

「はぁ」

「お前にはするよ」

「何すか？」

「強く出るとか出ないとか、そんなのはいいから」

「はい」

「お前は小西さんの言うことを聞け。全部聞け。お前と小西さんの意見がぶつかったら、そのとき正しいのは絶対に小西さんだから。とにかく彼女に全部まかせろ。そうやって、別れないように努力しろ」

　良太も超辛キムチ牛丼特盛を食べる手を止め、ぽかんとした顔でおれを見る。で、言う。

「うぃっす」

「言うのが遅くなった。結婚おめでとう」

「どうもです。ただ、一つ問題があるんですよね」

「何？」

「子どもができたら、車、替えなきゃいけないんすよ。ほら、今のＳ６６０は二人乗りだから」

「なら替えろよ。そっち優先だろ」

「やっぱそうなんすかねぇ」

「子どもが生まれたらその瞬間にわかるよ、こっち優先だって。でさ、お前、明日、出番？」

「いえ、休みです」

「そうか。じゃあ」おれはカウンター内にいる男の店員に声をかける。「すいません」

そしてやってきたその店員に言う。「ビール一本。グラスは一つね」

今度は二十秒とかからず、その二つが届けられる。

「これは、えーと、おごりですか？」と良太。

「そう。結婚祝」とおれ。

「結婚祝がビールですか？」

「とりあえずな。休みが合わせられたら、飲みにでも行こう。何なら小西さんも一緒に。そんときもおごるから」

「お、マジですか。じゃあ、陽南子と二人、速攻で調整休日をあてちゃいますよ？　益子さんの休みに」

「いいよ。そうしてくれるとたすかる」瓶をとり、良太のグラスにビールを注ぐ。「牛丼屋って、確か二本までは頼めるはずだから、もう一本飲むつもりでいろよ」

「だったら、つまみの唐揚げとかも頼んじゃっていいすか？」

「いいけど、そこも肉なのかよ。しかも揚げものかよ」

「益子さんとちがって、まだおっさんじゃないんですよ。だから余裕です。益子さんも、ビール一杯ぐらいどうですか？　一杯なら平気ですよね」

「平気だけど、やめとくよ」

飲みたいが、我慢する。ビール一杯だって、わからない。高性能なアルコール検知器の野郎は、おれの吐く息からごくごく微量のアルコールを検知してしまうかもしれない。たとえそれが誤作動だとしても、昨日は一滴も飲んでないですよ、と胸を張って言いたい。

　ということで、ビールとお茶でおれらは乾杯する。二人、冴えない四葉駅前にある牛丼屋のカウンター席で。

「あらためて、結婚おめでとう」

「あらためて、どうもです」

「別れんなよ」

「うぃっす」

　次のおれの休みは日曜だった。その日曜の午後。美鈴がおれのアパート、フォーリーフ四葉を訪ねてきた。

　もちろん、いきなり押しかけてきたわけじゃない。約束はしてた。日曜が休みだと知った美鈴からメールがきたのだ。話がしたい、と。じゃあ、どこかでメシでも食うか、とおれは返した。わたしがアパートに行くわよ、とちょっと意外な提案がきた。意外だが、ちょっとだ。おかしいが、おかしくない。そこは、かつて何年も一緒に住んでた元夫婦だから。

アパートで会うならメシを食う必要がないので、約束は午後三時になった。日曜の午後三時。積極的に何かをしたくなる時間ではないが、元夫婦が二人で会うにはいい時間だろう。

午後三時ちょうどに、ウィンウォーン、とインタホンのチャイムが鳴った。美鈴らしいな、と思った。昔から、美鈴は時間を守った。デートに遅れて来ることもなかった。おれだって守ったが、美鈴は十分前に来たりもするので、たいていおれがあとになった。だから、相手の到着を待つというデートの醍醐味《だいごみ》をあまり味わえなかった。

なかに上がると、美鈴は脱いだ靴の向きをそろえた。それも昔からだ。美月にもやらせた。おれと別れる六歳のときには、もうやらせてたと思う。

「二間なのね」と美鈴が言う。

「うん。ワンルームでもよかったけど、入居したころはここしかなかったんだ。物件が」

「片方は和室？」

「そう。そっちは寝るだけ」

「今は、二間の両方が洋間だったりするわよね」

「あぁ。そうかもな」

「もっと部屋が多いマンションだって、和室がないとこもあるし」

「へぇ」

「周り、畑なんかも多いのね」

「ああ。海側のみつばとは大ちがいだよ」

「こんな場所にあって、やっていけるの？　教習所」

「どうにか。みつばの人たちはほとんど来てくれるよ。送迎バスも出てるし」

一昨日《おととい》、そのみつばに住む犬飼悦人から電話がきた。双子の息子、篤人と律人が大学に受かったので、四葉自教に来てくれるそうだ。おめでとうを言い、礼も言った。

二人、進む大学は別らしい。篤人は文系で、律人は理系。篤人はアイドルが好きで、律人は、何と、ロックが好き。逆じゃなくて？　と訊いてみたが、逆ではないという。文系の篤人がアイドルで、理系の律人がロック。

二人が同時に私大、金が大変だよ、と悦人は言った。そのうえ、免許。ダブルパンチの二乗。だから二人には言ったんだ。そこまでは出すから、こづかいはバイトして賄《まかな》えって。

篤人と律人。新年度が楽しみだ。

ヤカンで湯を沸かし、インスタントコーヒーを入れる。二つあったカップを、初めて同時につかう。万由が来たときのために買っておいたものだが、結局、万由がつかうことはなかった。万由が東京にいたころも、会うのはいつも万由のマンションでだったから。

美鈴には、カーペット敷きの床にさらに敷いたクッションに座ってもらう。おれとは向かい合わせの位置だ。テーブルが小さいので、案外近い。その距離で、それぞれにコーヒーを飲む。

「自炊はしないの？」と訊かれ、

「しない」と答える。

「できないか」

「できない」

「掃除機はかけたほうがいいわよ。カーペットはダニが出るから」

「一応、かけてるよ」

「どうせ、かけられるとこだけでしょ？」

「まあな」今訊くことでもないだろ、と思いつつ、訊く。「かけられないとこは、どうすればいい？」

「お湯で濡らした雑巾を固く絞って拭く。拭き掃除用の洗剤をつけるのもいいかも」

「そんなのがあるのか」

「あるわよ。スーパーでも売ってる」

「やってみるよ」

「絶対やらないでしょ」と美鈴が笑う。

おもしろいもので、そこで笑えるのが元夫婦だ。現夫婦なら、たぶん笑えない。絶対やってね、になる。ただし、そこであっさり終わってしまうのが元夫婦でもある。終わらせてしまえる。先がない。だから話も続かない。だからおれもこんなことを言ってしまう。

「で、今日は、何だっけ」

「何ってこともないけど。美月のことで、一度、ちゃんとお礼を言っておこうと思って」

「お礼？」

「いろいろと面倒をかけたから」

「面倒ってことないだろ。そんなふうには思ってないよ。大変なのは、これからだし」

「ええ」

「にしても。よく決断したよな、美月」

「そう思う。わたしなら、産めなかったかも。両親も反対しただろうし」

「このことは、もしかして言ってないとか？」

「まさか。言うわよ。二人とも初めは驚いてたけど、今は喜んでる。うれしいでしょ、ひ孫の顔を見られるんだから」

「まあ、そうだよな。で、おれのことは知ってるのか？　おれが動いたというか、ちょっと絡んだっていうのは」

「知ってる。言ったから。一応、喜んでるよ。案外親切なんだねって言ってた、お母さんが」

「案外かよ」

だがうれしい。うれしいというか、ほっとする。コーヒーを一口飲んで、おれは言う。

「美月は」

「何？」

「彼のこと、好きだったのかな」

「好きだったわよ。そう言ってた、美月自身が。だからわたしも、産ませてもいいと思ったんだもの」

「そうなのか」

「そう。気になるなら、自分で訊いてみたら？」

「訊けないよ」

「訊けるでしょ」

訊かなくていい。美鈴の言葉だけで、信じられる。美月は深谷陸のことが好きだった。だからこうなった。それでいい。気持ちは複雑だが、一方で、ちょっと安心する。よかった。美月が、好きでもない相手と、何というか、そんなことをするような子じゃなくて。

「美月から聞いたわよ」

「何を？」

「名前。美空」

「あぁ。まあ、思いつきだ」

「悪くない。というか、いい」

「ほんとに？」

「うん。かなりの有力候補だって、美月も言ってた」

美鈴がコーヒーを飲む。おれも飲む。インスタントだから、それほどうまくない。いわゆるレギュラーコーヒーは、ここ数年、カフェ営業時の『ソーアン』でしか飲んだことがない。いや。去年ファミレスで美鈴や美月と飲んだか。そのあとに同じファミレスで、深谷家の三人とも飲んだか。

「ほんとにありがとう」と美鈴が言う。「いろいろしてくれて」

「大したことはしてないよ。ファミレスに行ったり、学校に行ったり。あとは、歩いたりしたくらいだ」

「でもすごく大きかった。わたし一人じゃキツかった。美月もそうだったと思う」

「そんなことないだろ。おれ、もう来んな！　って言われたし」

「そう言えたことが大きいのよ。そんなふうに、気持ちをぶつけられたことが」

「ガス抜きの穴くらいにはなれたんなら、おれもよかったよ」

「最初は、あなたに頼るのはすごくいやだった」

そうだろう。美鈴なら。

「でもね、美月に父親ってものを意識させたかったの。だから、美月が妊娠したことにあなたが素っ気ない反応を示すんであれば、それでもよかった。むしろ一人で育てる決断をするいいきっかけになるし」

「何だよ。じゃあ、試されたのか」

だとすれば、おれはよくないことをしたんじゃないのか？　素っ気ない反応を示すべきだったんじゃないのか？

「高梨さんは素っ気なかった」

「え？」

「わたしがお付き合いしてた高梨さん。美月のことを話したっていうのは、言ったわよね？」

「聞いた」

「そのあと、何となく疎遠になった。で、別れた」

「いつ？」

「去年の暮かな」

「別れようって言われたのか？」

「わたしから言った。高梨さんも受け入れた。わりとあっさり」

「そうか」

「わたし、優しくなかった」

「そんなことないだろ。美月のことは、やっぱり話すべきだし」

「そうじゃなくて」

「ん？」

「高梨さんに対してじゃなくて、昔のあなたに対して、優しくなかった」

「あぁ」

「病気になってるのに、そんなの何でもないって言っちゃったり。今思えば、自分のことばかり考えてた」

「それはおれだよ。美鈴は、ちゃんと美月のことも考えてた。おれは、ちがった」

言おうか迷う。迷ってるうちに、言葉がポロリと出る。

「ただ、ほんとに何もなかったよ、あのときは」

万由とのこと、万由と飲みに行ったときのことだ。

「そこは疑ってない。あのときも疑わなかった」

「そうか。ならよかった」

二人、ともにコーヒーを飲む。日曜の午後三時台。やはり何とも言えない時間だ。

「そういえば、中原くんに会ったんだって？」

「えーと、岳くんか」

「謝ったんでしょ？」

「謝った」

「美月、あれでちょっと見直したって言ってた。子どもに頭を下げる大人を初めて見たって」

「あれは、まあ、ほんとにおれが悪かったから」

「謝るにしても、言葉だけですませる人が大半でしょ。大人相手にきちんと謝れない大人だってたくさんいるし」

「おれも、前はそうだったよな。美鈴に謝った記憶がないよ」

「それはお互いさま。わたしもそう。怒った記憶しかない。何をあんなに怒ってたんだろ」

「歳をとっただけなのかもしれないけどな」

「丸くなれるなら、歳をとるのもいい。逆に怒りっぽくなる人もいるじゃない。自分だけのルールを決めて、そのルールを破る人を許せない」

「あぁ。いるな。おれもそうなりそうだわ。スーパーに買物袋を持ってってるのに、レジで袋を出されたら、いつももらってないだろ！　なんて言っちゃいそうな気がする。せっかく持ってきてるのに何なんだ！　って」

「スーパーに買物袋、持ってってるわけ？」

「買物袋というか、前の買物のときにもらった白いレジ袋な。ごみになるし、一回で捨てるのは、何かもったいないから」

「いいお客さん」

「そのいいお客さんがいきなり、いつももらってないだろ！　って怒鳴ったら、余計印象が悪いよな。善を追い求めるあまり自分が悪になったことに気づかない頑固じじい。最悪だ」

「最悪ではないわよ。そういう人は、落ちついて話せばわかるから」

美鈴は確かに歳をとった。そしてその分、柔和になった。

昔、美鈴は言った。わたしはおならなんてしないと。で、おれは言った。これからもずっとそう言いつづけろと。今の美鈴なら、わたしだっておならぐらいするわよ、と言うかもしれない。そしたらおれも言うだろう。おならぐらいしろよ。

ふと思い当たり、訊いてみる。

「美鈴が今ここにいることを、美月は知ってるのか？」

「知ってるわよ。言ってきた」

「で、美月は何してる？」

「家にいる」

「一人で？」

「お友だちが来てるはず。紗奈ちゃんていう子」

「あぁ。紗奈ちゃん」

「知ってるの？」

「聞いたよ。美月に」

「中学で一緒だった子。美月のことをあれこれ気にかけてくれる」

「みたいだな」

「子どもが生まれたら一番に見せてね、なんて言ってくれる。いいですか？　なんてわたしにまで言ってくれる。紗奈ちゃんね、家で犬を飼ってるの。で、美月も、子どもが大きくなったら犬を飼いたいって言ってる。昔から飼いたかったんだって。でも言わなかったの。わたしと二人で、飼えるはずないから」

「犬はいいな。猫はやめてほしいけど」

「どうして？」

「猫アレルギーなんだ。おれ」

「そうなの？」

「そう。猫を飼ってる家に行くと、目がかゆくなる」

「知らなかったわよ、そんなの」

「言う機会がなかったのかもな。美鈴にも美月にも、猫を飼いたいとは言われなかったから」

「じゃあ、美月に言っとくわよ。猫はきらいみたいよって」

「きらいではないよ。好きは好きなんだ。犬派か猫派かで言えば、むしろ猫派かもしれない」

「なのにアレルギーなの？」

「たぶん」

考えてみれば、犬飼家でしか目がかゆくなったことはない。だから実際のところどうなのかよくわからない。家に上げてもらうほどの知り合いで猫を飼ってたのは、悦人だけだったのだ。

でも、まあ、だいじょうぶだろう。フェロモンに満ちた苗子さんに会うため、そしてロックを聴くためなら、目のかゆみにも耐えられたのだ。美月や孫娘に会うためなら、耐えられないわけがない。というか。会わせてくれるよな？　孫娘に。

「コーヒー、もう一杯入れるよ」と言って、おれは立ち上がる。

空になった二つのカップを手に、流しのところへ行く。ガスコンロに火をつけて、ヤカンで湯を沸かす。

今さらながら、美鈴に訊く。

「砂糖とかミルクは、いらなかったんだよな？」

「いらない」と返事がくる。

結婚してたころはそうだったので、当たり前にそう思ってた。そのことに驚く。夫婦だったころの感覚が残ってたことに、ではなく、別れて十年以上経った美鈴が今もそうだと自分が思いこんでたことに。

二杯めのコーヒーを入れて、テーブルのところに戻る。

「どうも」と美鈴が言い、

「いえ」とおれが言う。

向かい合って、コーヒーを飲む。美鈴が窓の外を見る。十一年ぶりに会ったファミレスで美月もそうしたように。

美鈴と美月。横顔も似てる。あのときの美月の表情は硬く、今の美鈴の表情はやわらかい。だが似てる。

何も話さないまま、一分ほどが過ぎる。一分と言えば短く感じるが、黙ってる一分は長い。人二人がともに黙ってる一分は、かなり長い。それを不自然と思わずにいられるのは、やはり元夫婦だからかもしれない。万由となら、こうはならないような気がする。どちらかが何かしゃべろうとするだろう。

美鈴と付き合ってたころを思いだす。ブルース・スプリングスティーンの『夜の精(Spirit in the night)』が頭のなかに流れてくる。ほぼ自動的に流れてくる。

七〇年代前半のブルース・スプリングスティーンは、音と詞で、夜の街を鮮烈に描いた。体はやせ、ひげはボーボーだった。当時のライヴ映像を見ると、品のある野良犬みたいでカッコいい。

その時期の曲はどれもいいが、なかでも『夜の精』が好きだ。その曲には、何と、ギターがない。ドラムとコンガとベースとピアノとサックス。ほとばしるロックではない。だがロック。青い炎が静かに燃えるようなロックだ。

夜に湖のほとりでバースデーソングをうたいながら泥にまみれて愛し合う、みたいな場面が詞に出てくる。美鈴と交わるとき、よくこの曲を思いだした。実際に泥にまみれて愛し合ったことはない。つまり、屋根の下でなく、空の下でしたことは。一応、ないと言っておく。

あのころは、おれも美鈴も若かった。暗くした部屋で、それこそ体をぶつけ合うように交わった。美鈴のことは好きだった。何の迷いもなく、ただ好きでいればよかった。あんなふうに人を好きになることは、もうないのだと思う。

で、今。おれと同じだけ歳をとった美鈴がアパートの部屋にいる。目の前にいる。ちょっと恥ずかしいが、正直に言う。交わりたい。が、交われない。昼だから、ではない。万由がいるからだ。さっき美鈴にも言った。あのときも、おれは万由と交わらなかった。美鈴がいたからだ。今も、交わらない。美鈴が許してくれるとしても、たぶん、交わらない。

自分が牛丼屋で良太に言ったことを反芻《はんすう》する。おれはエラソーにこう言った。大人にはならなくていいけどガキのままでもいるな。

おれはもう若くない。大人ではないが、ガキでもない。アイスの蓋の裏はなめるが、人前でそれをやりはしない。引ける線は引く。そのくらいの分別はある。

# 三月　傑作をかく時

ブレーキを踏む。助手席の足もとにある教官用のそれを。

おれも含め、乗ってる三人がやや前のめりになり、教習車は停まる。

車外左側、歩道から少し車道に出たところに女の子がいる。小学一、二年生ぐらいの女の子だ。こっちを見てるので、おれが左手で右側を示す。手のひらを上にして。どうぞ、と。女の子は、ぺこりと頭を下げて、横断歩道を渡る。走って渡る。礼儀正しい子だ。走ってくれるのだから、親切な子でもあるのだろう。

そしておれは右隣、運転席の麻生七八に言う。

「残念だけど、終了だよ。歩行者等保護違反。横断歩道を渡ろうとしてるあの子を、渡らせなかった」

「いや、ちがいますよ」と七八は言う。「いきなりだったんで、停まれなかっただけですよ」

「その停まれなかったことが問題なんだよ」

「でも、向こうが止まってくれたじゃないですか」

「麻生くんが停まらなかったからね。車が停まってくれなかったら、歩行者は止まるしかない」

「いや。だけど。飛び出しみたいなもんじゃないですか、今のは」

「だとしても、注意はしておかなきゃいけない。こんなこともあると、予測はしておかなきゃいけない」

「そんな」

ちょっと酷だとは思う。だがしかたない。おれはブレーキを踏むしかなかった。そうなれば、こうなる。七八の卒業検定は、終了。

女の子は実際に横断歩道を渡ろうとしてた。足を一歩車道に踏みだしてた。おれには見えた。七八も、見てなきゃいけない。安全に停まれないなら進んでもいい黄色信号とはちがうのだ。停まらなければ事故になる。女の子にケガをさせる。

「いやいや、これはないですよ。ダメですよ」

「ここで停まってちゃあぶないから、とりあえず進んで」とおれは七八に言う。「で、左に寄せて、停まって」

七八は言われたとおりにする。横断歩道を越えてしばらく進み、左側の歩道に寄せて、教習車を停める。

「いや、ほんと、なしですよ。今日受かんないと、マジでヤバいんですよ。というか、アウトですよ」

「補習を一時限やれば、また受けられるから」

「それじゃ遅いんですよ。今日受かんなきゃダメなんですよ。すぐに免許センターで試験受けて、免許もらうはずだったんですよ」

「まあ、そうなんだろうけど」

「ほんと、ダメですよ。マズいですよ」と七八はうわ言のようにくり返す。「これはなしですよ」

「なしじゃない。ありだよ」

「いや、ダメですって」そして七八はすごいことを言う。「もう一度やってくださいよ。そしたら受かるから。こんなミスしませんから。というか、ミスですらないじゃないですか、こんなの。ただツイてなかっただけですよ」

「車に乗ってればあるんだよ、こういうことは」

「でも、検定じゃなければ中止にはなんないですよ」

「だからさ、もっとひどいことになるんだよ。事故になるんだよ」

「そこは、ほんと、気をつけますから。絶対に事故は起こしませんから」

「絶対なんてないよ」

「おれ、ここまでストレートできてるんですよ。一時間もオーバーしてないんですよ。修検も一発で受かったし。なのにこんなとこで落ちるんですか？　卒検て、普通、落ちないですよね？」

「修検よりは合格率が高いだけ。落ちる人もいるよ」

「いや。でも。ほんと、もう一度やらせてくださいよ」

「あのさ、自分が無理を言ってるって、わかってるよね？」

「わかってます。でもお願いします。ほんとに」

そう言って、七八はおれに頭を下げる。両手はハンドルを握ったままだから、何だかおかしな体勢だ。

「ここで、オーケー、じゃ、もう一度、なんて言う教官は一人もいないよ。それが許されたら、何でもありになる。教習も教習所も、要らなくなる」

七八は頭を上げる。そして前を向き、あらためて頭を下げる。うなだれる。

「今日、もう二十九日じゃないですか」

「うん」

「卒検に受かって、卒業証明書をもらって、明日かあさってには免許センターに行くつもりだったんですよ。そうすれば、ぎり今月中に免許をとれるから」

「センターでの学科試験にもすんなり受かればだけどね」

「それは受かりますよ」

まあ、受かるのだろう。学科で何度も落ちる人もいるが、数は多くない。落ちない人は、途中の効果測定なんかも含め、一度も落ちない。

「で、土日を挟んで、四月三日が入社式なんですよ。会社」

「あぁ。そうなんだ」

「免許、持ってることになってるんですよ」

「え？」

「就職活動のとき、エントリーシートの資格欄に書いちゃったんですよ、普通自動車免許って。実際、とるつもりでいたから」

「何でそんな」

「免許を持ってなかったら選考で不利になりそうじゃないですか。周りはほとんど持ってるし」

「でもそれは、ダメだよね」

「とれるはずだったんですよ。あと一年あったから」

「だったら、もっと早く」

「益子さんにも言いましたよね？　いろいろあって、のびのびになっちゃったこと」

いろいろ。骨折だの、全国大会だの、卒論だの、カノジョだの。

「補習をやって、また受けなよ」

「だからそれじゃ遅いんですよ」

「どうして」

「入社したらすぐ営業車に乗らなきゃいけないんですよ。入社したその日に、もう乗らされるらしいんですよ」

「なら、言うしかないだろ。実は免許持ってませんて。でもすぐとれますって」

「言えませんよ。そんなこと言ったら、うそついたことになるじゃないですか」

「実際ついてたわけだよね、うそを」

「悪意があってじゃないですよ。うそになるはずじゃなかったんですよ」

　変な理屈だ。甘すぎる。この世代だから、なのか。七八だから、なのか。まあ、後者だろう。世代で人をくくることに意味はない。個人相手にそれをやっちゃいけない。

　七八を見る。まだうつむいてる。襟足の辺りが汗ばんでる。卒検に臨む教習生ならではの緊張。それもあるだろう。今日落ちたらアウトというならなおさらだ。が、たぶん、それだけではない。最後まで見逃すつもりでいたが、こうなってはしかたない。おれは言う。

「麻生くんさ、熱あるだろ」

　力のない返事が、やや遅れてくる。

「ないですよ」

「いや、あるよ。ごまかせてるつもりかもしれないけど、ごまかしきれてない。君はアスリートだけあって、ドライバーとしても優秀だよ。普段どおりなら、あの子を見過ごすこともなかったはずだ。要するにさ、熱があって体調が悪いから、注意力がなかったんだ。まあ、結果こうなったのは、おれのせいでもあるな。ほんとは検定そのものを受けさせるべきじゃなかった。検定を始める前に、ちゃんと君を問い詰めておくべきだった」

この期に及んで七八は言う。喉《のど》から絞り出すような声で。

「お願いしますよ。もう一度やらせてくださいよ」

おれはこう返す。

「そんな無茶を言うのも、熱があるからだよ」

七八は初めてハンドルを離し、両手で文字どおり頭を抱える。

「あぁ。マジでヤバいんですよ。マジでアウトですよ」

もう何度も言ってきた。基本、教官は教習生の個人的な領域に立ち入らない。少なくとも、自分からは踏みこまない。だが今はいいだろう。むしろ、踏みこまなきゃいけない。

「会社に、言ったほうがいい」

「だから言えませんよ」

「じゃあ、無免許で営業車に乗るのか？」

はいともいいえとも言わない。七八はこんな言い方で質問に答える。

「もしかしたら、免許の確認まではしないかもしれないし」

「万が一それで事故を起こしたらどうなる？　まちがいなく君はクビになるぞ。君だけじゃない。確認を怠ったってことで、会社も叩かれるぞ」

「こんなことになるとは思わなかったんですよ。時間がなかったんですよ」

「時間がないなんてことはないんだよ。本気で何かをやろうと思ったら、時間をつくれないことはない。そりゃ、サッカーの大会もあったんだろうよ。卒論の提出もあったんだろうよ。でも本当に、教習所に来る時間をつくれなかったか？　つくれるのに軽く考えてあとまわしにしたことは、なかったか？」

そこまで具体的なことを言われると思ってなかったのだろう。七八が驚いた顔でおれを見る。両手は頭に乗せたままだ。フロ上がりにバスタオル、のバスタオルがない感じ。エアバスタオル。

「あくまでもおれの考えだけど、たぶん、アウトにはならないよ。会社だって、君を採用するまでに時間も金もかけてる。そうやってとった社員を簡単に切るわけがない」

七八は両手を頭からゆっくり下ろして言う。

「だとしても、いきなりのマイナススタートですよ。初めからマイナス評価ですよ」

「まあ、それはしかたないな。社会に出たら、追いつめられることは何度もあるよ。予想外のことも起きる。そうなっても対応できるように動かなきゃいけない。運転と同じだよ。だろう運転じゃダメなんだ。かもしれない運転をしないと」

七八はもう何も言わない。だからおれもそれ以上は言わない。車内に沈黙が生まれる。

そして、破られる。

「あの」と、後部座席にいたもう一人の教習生が初めて口を開く。林田佳世だ。

いつもの教習とちがい、修検や卒検のときは教習車に同乗者がいる。たいていは二人の検定をいちどきにやる。それには不正を監視する意味もある。教習生が二人そろわない場合は、代わりに教官が乗る。とにかく検定員と教習生が一対一にならないようにする。

今のやりとりはすべて林田佳世に見られてた。聞かれてた。だからおれは自分をおれと言ってしまった。だからサッカーの大会と卒論の提出だけを例に挙げ、カノジョとモメた件は省いた。一応、気をつかったのだ。七八と林田佳世のどちらにも。

で、林田佳世はおれにこんなことを言う。

「今の、見なかったことにしてもいいですよ。わたしも期限ぎりぎりだったから、気持ちはよくわかるし」

「おいおい。おれに不正をさせないでくれよ」

七八がまたも驚いた顔で後ろを、突如現れた助っ人林田佳世を見る。そういえばここにも人がいたんだな、という感じに。

林田佳世は、確かに期限ぎりぎりだった。学科の一時限目を受けた日から九ヵ月。その期限ぎりぎりで第二段階最後のみきわめをもらったのだ。そこからは、三ヵ月以内に卒検に合格すればいい。

「わたしが黙ってれば、わかんないですよね？」

「わかんなければいいと思う？」

「よくはないけど」

おれは七八に言う。

「なかにはこんな優しいことを言ってくれる人もいるんだよ。数は少ないけどな、困ったときにたすけてくれる人も、世の中にはいる。君が入る会社にだっているよ。まあ、初めから期待するのはなしだけどな」

おれは助手席から林田佳世を見る。で、七八に目を戻す。ふうっと息を吐く。言う。自分にも言うつもりで。

「うそはさ、やっぱりダメなんだよ。結局、こうなるんだよ」

十一年前、おれは美鈴と結婚していながら、万由と二人で飲みに行った。だがそれだけ。おかしなことはなかった。なのに、飲みにも行ってないとうそをついた。綻《ほころ》びはそこから始まったのだ。大した意味はない、何ならつかなくてもいい、と思ってついた、そのうそから。

「もう一度検定をやってやるよ、とおれが言って、今度は合格したとして。その後もずっとそれでよかったと思えると、麻生くんは思うか？」

しばし考えて、七八は言う。

「もういいです。すいませんでした」

「じゃあ、教習所に戻ってもらおうかな」

「はい」

「いや、ダメだ。運転は代わる。麻生くんは熱があるから」間を置いておれは言う。

「あるよな？」

七八はあっさり認める。

「はい。三十八度五分」

「高ぇよ」

林田佳世が笑う。その笑い声が、張り詰めた車内の空気を緩める。

七八の検定は終了だが、先に実施した林田佳世にはまだ続きがある。所内のコースに戻り、縦列駐車をやってもらわなければならないのだ。方向変換よりは縦列駐車をいやがる教習生が多いが、今の林田佳世ならだいじょうぶ。九ヵ月かかったとはいえ、よくここまできたもんだ。かつては助手席のおれに、先生ブレーキ！　なんて言ってたのに。

七八には後部座席に移ってもらい、おれは運転席に移る。そして教習車を四葉自教へと走らせる。

もういいかと思い、後ろの七八に訊く。

「麻生くん、カノジョとはどうなった？」

「別れそうになりました」

「別れてはいないってこと？」

「はい、やっぱ好きなんで」

「そっか」

「おれが起きれなかったらマズいんで、今日、モーニングコールをしてくれました。熱があったら無理するなとも言ってくれました。無理、しちゃいましたけど」

「いいなぁ、若くて」

　そう言ったのはおれじゃない。おれより十歳下の、林田佳世。


　おれは運転するのも好きだが、助手席に乗るのも好きだ。人に運転してもらうのは楽。特にその人が女性だと、何だか贅沢《ぜいたく》をしてる気分になる。例えば今も、教官として助手席に乗ってるのに、そうなる。

　隣で運転してくれてる女性はしのさん。臼井しのさん。今日も指名予約を入れてくれたのだ。免許はとらないと決めたにもかかわらず。

　教習車は所内のあちこちを走ってる。坂道を通るし、踏切も通る。指示は出さない。しのさんの好きにしてもらってる。

「ほんとにこれでいいの？」と訊いてみる。

「ああ」としのさんは答える。「免許はとれないけどね、最後にあんたとデートしたいんだよ。お金は払うんだから、いいだろ？」

「もちろん、いいよ。ありがたい」

「わたし、いいお客だね」

「おれの今年度のベスト教習生だよ。お金を払ってくれるからって意味じゃなく」

「じゃ、免許ちょうだいよ」としのさんは笑う。

おれも笑う。四十五歳にしてホストになった気分だ。

「運転は楽しいね」

「そう？」

「うん。でも、あんたも言うように、外の道に出たらそうはいかないんだろうね。荒っぽい運転をする人もいるだろうし、子どもも飛び出してくるだろうし。そう考えると、ちょっとこわいよ。もっと若いうちにとっておけばよかったんだね、免許」

「とろうとはしなかったの？」

「しなかった。お父さんがいつも運転してくれたからね」

「進三さんだ」

「そう。買物に行きたいって言えば乗せてくれたし、海に行きたいって言っても乗せてくれた」

「言ったんだ？　海に行きたいって」

「そりゃ言うよ。わたしだって、若いときもあったんだから。海ぐらい見たくなるさ。今だって、たまにはなるよ」

「そうなったら、どうするの？」

「公春が乗せてくれるよ」

公春。息子さんだ。聞けば、おれより三歳下。会社の課長。幸い、そこはかつておれがいたようなブラック企業ではないらしい。

「いいね、息子さんが乗せてくれるなんて」

「でも、まあ、そんなのは年に一度だよ。敬老の日か、母の日か。今は羽夜がいるからね、どうしても羽夜中心になる。わたしもそれでいいし」

「羽夜ちゃん、かわいいんだろうね」

「かわいいよ。わたしのことを、ばあばって言う。そんなふうに呼ばれたらいやだろうと思ってたけど、ちっともいやじゃないね。おばあちゃん、よりずっといいよ。堅苦しくない」

「ばあば。確かにいいな」

「毎日、歩いて公園に連れてってるよ。まだ三歳だけど、車には気をつけるよう言ってる。免許はなくても、そのくらいのことはできるからね。わたしの運動にもなるしさ。益子さんも、あれだよ、車に乗ってばっかりいないで、ちょっとは運動しなよ」

「ああ。そうするよ」

運動は、ちょっとしてる。『ソーアン』まで歩くし、休みの日には、たまに美月とも歩く。

「わたしさ、咲恵さんに謝ったよ。免許がとれなくてごめんねって。期待してたのに残念。咲恵さんはそう言ってくれた」

「そうか」

言ってくれた、という言葉で、そのときの様子が想像できる。咲恵さんは笑顔だったろうなと。顔自体、知らないのに。

そしてしのさんはおれに言う。

「もう一周したらさ、今度はあんたが運転してくれないかい？」

「いいけど。どうして？」

「散々苦労させられたＳ字とクランクを、滑らかに走ってみたいんだよ」

しのさんには本当に悪いと思う。理屈じゃなく、そう思う。だが後悔はしてない。別の誰かと同じ状況になったら、おれはまた同じことをするだろう。ただし、ぎりぎりまで粘る。粘ったうえで、最後の最後に最良の方法を選ぶ。そうできる教官でありたい。

ＳＥＸ、ドラッグ、ロックンロール。

といきたいとこだが。年齢のことも法律のこともあるので、そうはいけない。せめてこうはいきたい。

Ｓ字、クランク、ロックンロール。

この日の仕事を終えると、おれは歩いて『ソーアン』へ向かう。明日は休み。今夜は飲める。

畑のなかの道を歩きながら、ガラケーで電話をかける。誰に？　万由に。小細工はなし。前々から思ってたことを、素直に伝える。

「別れようか」

おれらは別れるべきなんじゃないかな。初めはそう言うつもりでいた。が、無駄をそぎ落とした結果、そうなった。べきとか、なんじゃないかなとか、そんなのはいらない。

万由が返してきた言葉も短かった。おれの六音に対して、三音。半分だ。

「そうね」

本当にそんなだった。別れようか。そうね。遠距離だから、電話になるのはしかたない。だが別れのやりとりが、それだけ。

「何だかあっけないな」とおれが言い、

「でもいい形だと思う」と万由が言う。

「そうなのかな」

「別れた相手をきらいにならずにいられるのは、いいことでしょ」

じゃあ、と言い合って、電話を切る。ガラケーをパタンと閉じる。区切りをつける。で、ふと思う。このパタンを失うのは惜しいが、例えば美月とＬＩＮＥで連絡をとれたりするなら、スマホに替えるのもいいかな。

そしてたどり着いた『ソーアン』には、マスターと幹矢くんがいる。四日前に来たときは冬香ちゃんだったが、今日は幹矢くんだ。

いつものようにギネスを飲む。二杯めのときにアボカドバーガーを食べる。パティは、マスターでなく、幹矢くんが焼いてくれる。早くも一人前になったらしい。早すぎる。

その後、ブラックブッシュを飲んでると、ザ・バンドの『傑作をかく時』が流れてくる。おれが初めて『ソーアン』に入るきっかけとなった曲。たまたま前を通ったときにドアが開いてそれが洩れ聞こえてきたから、おれは意を決してこのあやしげな店に足を踏み入れた。

『傑作をかく時』は、ボブ・ディランがつくった曲だ。それを盟友ザ・バンドがカバーした。ディランだと、邦題は『マスターピース』。

ディランのほうもいいが、ザ・バンドのほうもいい。甲乙つけがたい大賞、なんてものがあったらノミネートしたい。もうこれは本当に好みでしかない。五・一対四・九、いや、五・〇一対四・九九で、おれはザ・バンドを選ぶ。

ポーグス同様、マンドリンやアコーディオンがつかわれる。アメリカよりはヨーロッパの香りがする。実際、ディランが書いた詞にも、ローマだのブリュッセルだのが出てくる。いい。癒《いや》されるとか、そんなんじゃない。気持ちがキュウッと吸い寄せられる。

昔から、ずっとロックを聴いてきた。それで何かが変わったかと言えば、たぶん、そんなことはない。ロックを聴いてたから美鈴と別れたということはないし、ロックを聴いてたから美月とまた会えたということもない。ロックは、というか音楽は、そんなふうに何かを変えたりはしない。だがそうではないとこで人を豊かには、するのだ。

四十五歳にもなれば、まあ、自分のことはわかる。つまらない人間であることは、認めざるを得ない。だがロックを聴いてなかったら、もっとつまらない人間になってたと思う。それは確信できる。ロックでなきゃいけないわけじゃない。音楽でなきゃいけないわけでもない。そこは人それぞれ。おれの場合は、ロックだったのだ。

この先五十になっても六十になっても、おれのなかからロックが消えることはない。極端なことを言えば、耳が聴こえなくなっても、ロックはなくならない。おれはもうロックを知ってる。内側に持ってる。そういうのは案外デカいはずだ。それもまた確信できる。

と、四十五歳でそんなことを考えてるあたり、おれは確実にアホだ。つまらないというよりは小さな人間だと、そう言わざるを得ない。

ロックグラスのブラックブッシュをチビリと飲む。

カウンターの内側にいる幹矢くんがいきなり言う。

「弟と会いましたよ」

「え？」

「弟です。フユと別れた父親の、息子」

「あぁ」

「だから父親とも会いました。フユも交えて、四人で」

「そうなんだ」

「はい。会うならそうするべきだと思って。母親が自分の弟を知らないなんていやだから」

そういう考え方も、あるか。

「八歳下なんで、今、十二歳。ちょっと生意気そうでした。あとでフユは、かわいいと言ってましたけど。そのころのぼくに似てると」

「お父さんは？」

「そんなに変わってはいなかったですね。歳の分、老けたぐらいで。自分の父親って感じは、正直、しなかったです。弟の父親って感じのほうが強くて」

幹矢くん。マジで立派だ。よくできた息子大賞、にノミネートしたい。

それで何だか刺激されてしまい、おれは美月にメールを出すことを思いつく。で、酔った勢いもあり、おかしなことを書いてしまう。

〈美月はよくやった。勝ち負けじゃないけど、お前はもう勝ってる〉

マスターにブラックブッシュのロックをもう一杯もらい、ゴクリと飲んでさらに勢いをつけ、送信。

さっきのガラケーからの流れで、今度はこう思う。美月と孫娘を乗せられるなら、車をアルトからもっと大きなものに替えるのもいいかな。その車で、四葉自教とフォーリーフ四葉とバー『ソーアン』とで描いてる正三角形から飛び出すのだ。何ならおれも美月と一緒に、再び高く飛ぶのだ。

返信はいい。おれからの投げっぱなしでいい。そんなつもりでいたが、意外にも、返信は十分後にくる。『結果発表』という意味不明なタイトルのメールだ。

開いてみる。

二つの丸も含めて、六文字。

〈美空。決定。〉

ザ・バンドの『傑作をかく時』をマスターにリクエストする。また聴かせてもらう。

傑作をかけるのは、結局、才能のある人たちだ。ボブ・ディランとかトム・ウェイツとか、そういう人たちだ。凡人のおれらにはかけない。ただ、いつかかけるとは思っていたい。美月にも、そう思ってほしい。


だが翌々日。三月三十一日。

美月はあっけなく傑作を生む。産む。

「おぎゃあ」

本書は、二〇一七年九月に小社より刊行された単行本を加筆修正のうえ、文庫化したものです。

本書はフィクションであり、実在の人物・団体等とは一切関係ありません。

# 本《ほん》日《じつ》も教《きょう》官《かん》なり

小《お》野《の》寺《でら》史《ふみ》宜《のり》

令和2年 9月25日　初版発行
令和6年 11月25日　7版発行

発行者●山下直久

発行●株式会社KADOKAWA
〒102-8177　東京都千代田区富士見2-13-3
電話　0570-002-301（ナビダイヤル）

角川文庫 22323

印刷所●株式会社KADOKAWA
製本所●株式会社KADOKAWA

表紙画●和田三造



●お問い合わせ
https://www.kadokawa.co.jp/（「お問い合わせ」へお進みください）
※内容によっては、お答えできない場合があります。
※サポートは日本国内のみとさせていただきます。
※Japanese text only


ISBN 978-4-04-109585-0　C0193

◆◆◆

# 角川文庫発刊に際して

角 川 源 義

第二次世界大戦の敗北は、軍事力の敗北であった以上に、私たちの若い文化力の敗退であった。私たちの文化が戦争に対して如何に無力であり、単なるあだ花に過ぎなかったかを、私たちは身を以て体験し痛感した。西洋近代文化の摂取にとって、明治以後八十年の歳月は決して短かすぎたとは言えない。にもかかわらず、近代文化の伝統を確立し、自由な批判と柔軟な良識に富む文化層として自らを形成することに私たちは失敗して来た。そしてこれは、各層への文化の普及滲透を任務とする出版人の責任でもあった。

一九四五年以来、私たちは再び振出しに戻り、第一歩から踏み出すことを余儀なくされた。これは大きな不幸ではあるが、反面、これまでの混沌・未熟・歪曲の中にあった我が国の文化に秩序と確たる基礎を齎らすためには絶好の機会でもある。角川書店は、このような祖国の文化的危機にあたり、微力をも顧みず再建の礎石たるべき抱負と決意とをもって出発したが、ここに創立以来の念願を果すべく角川文庫を発刊する。これまで刊行されたあらゆる全集叢書文庫類の長所と短所とを検討し、古今東西の不朽の典籍を、良心的編集のもとに、廉価に、そして書架にふさわしい美本として、多くのひとびとに提供しようとする。しかし私たちは徒らに百科全書的な知識のジレッタントを作ることを目的とせず、あくまで祖国の文化に秩序と再建への道を示し、この文庫を角川書店の栄ある事業として、今後永久に継続発展せしめ、学芸と教養との殿堂として大成せんことを期したい。多くの読書子の愛情ある忠言と支持とによって、この希望と抱負とを完遂せしめられんことを願う。

一九四九年五月三日